その手で咲かせて

真崎ひかる

幻冬舎ルチル文庫

CONTENTS ✦目次✦ その手で咲かせて

✦カバーデザイン＝久保宏夏（omochi design）
✦ブックデザイン＝まるか工房

イラスト・木下けい子✦

その手で咲かせて

帰宅ラッシュに差しかかった電車内は、見渡す限り『人』だった。

これだけ大勢の人がいるのに話し声がほぼ皆無というのは、一種異様な雰囲気かもしれない。都心の満員電車に慣れないうちは、自分も含めて人間というより貨物に近いのでは……などと、漠然と考えたものだ。

今では、尚紀《なおき》も『貨物』の一部として馴染《なじ》んでいる。

「……ッ」

急ブレーキがかかったせいで、周囲からの圧迫が更に増す。

この時間の電車に乗れば混雑していることは覚悟していたし、ある程度慣れているとはいえ苦しさは変わらない。誰かに足の甲を踏まれてしまい、不可抗力だとわかっていながら息を呑《の》むと、イテ……と眉《まゆ》を寄せた。

シューズの上からでも、尖《とが》ったヒールで踏まれるとかなり痛い。指を踏まれて骨にヒビが入った人がいると聞いたことがあるけれど、誇張ではないだろう。

もう一度踏まれてはたまらないと無意識に身体《からだ》を引いた尚紀は、トンと背中を誰かにぶつけてしまった。

離れようとしても既に隙間《すきま》はなく、体重の半分以上を人様に預けている不安定な体勢で固定されてしまう。

申し訳ないので、少しでも身体を浮かせよう……。

そう思ってもぞもぞ身動《みじろ》ぎをしていると、近くに立っている女性に「チッ」と舌打ちをされてしまった。

うっかり痴漢疑惑をかけられてはたまらないので、慌てて動きを止める。背後の人には悪いが、しばらくもたれかからせてもらおう。

背中合わせになっているから、顔は見えない。でも、百七十センチちょうどの尚紀より、十五センチ近く高い位置に肩があるのはわかる。

ずいぶんと長身の……きっと男性だ。女性にしては、逞《たくま》しすぎる。

「あ……」

自分が、広い背中の男にもたれかかっているのだと実感を伴って気づいた瞬間、ドクンと大きく心臓が脈打った。一気に背中へと神経が集中する。

といっても、尚紀に同性へ対する特別な思いがあるわけではない。ただ、幼い頃に死別した父が広い背中を持っていたせいで、父に対する思慕を同じように大きな背中を持つ男性に置き換えているだけだ……と自分では思っている。

自分が望んだほどの体格に恵まれなかったせいで、なおさら理想の背中を持つ男が羨《うらや》ましいのかもしれない。

背後の男は、縦にも横にも大きい。女性と密着した時とは、また違う種類の緊張が込み上げてくる。

……心臓が、奇妙に鼓動を速めていた。トクトク……動悸《どうき》が耳の奥に響き、存在を主張している。

これは、なんだろう。

身体の内側から込み上げてくるような息苦しさは、周囲から圧迫されていることによるものではないことだけは確かだ。

きっと、原因は不可抗力によって密着したこの『背中』だと、朧《おぼろ》ながらに気がつく。

早く……早く、動き出してくれないだろうか。

一分、一秒でも早く、この体勢から逃れたい。

逃れなければならない。

尚紀がそんなふうに焦《あせ》っても、どうすることもできない。この状況では、待つしかないのだ。

「ふ……っ」

息苦しさをなんとかしようと、こっそり吐き出した息がか細く震えた。

駅でもない場所で停《と》まって、もう五分近くが経《た》つ。信号で停止することはあると思うが、それにしては長い。

　なかなか動き出す気配がない電車に、これまで不自然なほど静まり返っていた車内からざわざわと不満の声が上がり始めた。

　尚紀も、おかしいな……と思いながら天井を仰いだ。幸い送電は止まっていないらしく、空調によって吊《つ》り広告が揺れている。

　その時、ザ……という雑音に続いて、落ち着いた声で車内アナウンスが流れた。

『ただいま、××駅にて人身事故が発生したため緊急停止しています。現在救助にあたっておりますので、お急ぎのところ大変申し訳ございませんが、もうしばらくお待ちください』

……嫌な予感はしていたけれど、やっぱり。

　こうなれば、最低でも十五分は動かないだろう。状況によっては、もっと長く足止めされる可能性もある。

　尚紀は、再び小さく嘆息して頭上に向けていた視線を落とした。またしても背中に神経が集中してしまう。

　どうせ、もうしばらく動けない。これだけ混《こ》み合っているのだから、身体を離そうという努力もきっと無駄だ。もたれかかっている背後の『誰か』も、仕方がないとわかっているだろう。

　そんな、開き直りに近い心情になった尚紀は、退屈に任せて背後の男の人間像を想像することにした。

姿が見えないから服装では判断できないけれど、サラリーマンだろうか、学生だろうか。これだけ立派な体格なのだから、まさか高校生ではないだろう。

広い背中を包む……引き締まった背筋《はいきん》が伝わってくる。こうして尚紀が身体を預けていても、ビクともしない。

なにか、スポーツで身体を鍛えている人かもしれない。

すごく……気持ちいい。これは、どう言い表せばいいのだろう。全身をやんわりと包み込まれているような、安堵感《あんどかん》に似ているかもしれない。

いつしか陶然とした気分になっていた尚紀だが、ガタンという衝撃と共に不意に電車が動き出したことで、一気に現実へと引き戻された。

周囲からの圧迫が和《やわ》らぎ、慌ててもたれかかっていた男の背中から身体を離す。

『大変お待たせしてしまい、申し訳ございません。ただいま、運転を再開いたしました。なお、一部の電車に遅延が……』

車内アナウンスの音声も、ろくに耳に入らない。

心臓が、猛スピードで脈打っている。

あんな気分になったのは、初めてだ。たとえようもなく……心地よかった。

あれ以上密着していたら、背中合わせではなくて、この広い背中に抱きついたらどんな気分になるだろう……と、奇妙な誘惑に駆られそうで。

……待て、なにを考えている？

自問した瞬間、無意識に考えを巡らせていた尚紀の顔から血の気《け》が引いた。

今の自分が、どんな表情をしているのかわからない。誰かに見られるのが怖くて、顔を上げていられない。

グッと唇を噛《か》んだ尚紀は、肩にかけたバッグの紐《ひも》を両手できつく摑《つか》んでうつむいた。

駅に着いてドアが開いた途端、転がるようにホームへ出る。

本来の降車駅ではなかったけれど、関係ない。少しでも早く、あの場から逃れたかったのだ。

「……嘘《うそ》だ……」

人波を抜け出して柱にもたれかかると、呆然《ぼうぜん》とつぶやいて右手で口元を覆《おお》った。その指が小刻みに震えている。

背中越しにドアの閉まる音が聞こえてきたけれど、振り向く勇気はなかった。レールを走る規則的な音が遠ざかり、やっとぎこちなく電車の後ろ姿を目にする。

あの背中から離れた後、なにを考えた……？　大きな背中に抱きつきたい……と、望まなかったか？

……まさか。それじゃあ、まるで……。

青ざめた顔で自問自答を繰り返す尚紀の前髪を、早春のまだ冷たい風が揺らす。

自分の信じていたアイデンティティーを覆《くつがえ》されたショックに、尚紀は次の電車がホームに滑り込んでくるまで呆然と立ち尽くしていた。

二十三歳になったこの日。

唐突に、それまで異性とつき合っても淡々としていた理由……そして、広い背中に焦がれるのはファザーコンプレックスだけが原因ではなかったことにまで、気づいてしまった。

顔も知らない広い背中の持ち主に、気づかされてしまった。

《一》

通勤ラッシュのピークを少しだけ過ぎた朝の八時、尚紀は通い慣れた駅の改札を抜けて勤務しているフラワーショップまでの小道を歩いた。

暦は四月に入ったばかりだ。昼間は汗ばむほどの陽気の日もあるけれど、この時間だと風が吹いたら薄いスプリングジャケットでは少し肌寒い。それでも、春の風はどこか懐かしい匂《にお》いがする。

「春の匂いだなぁ」

都心では自然の草花はほとんどないけれど、所々に設置されているプランターや道路脇の植え込みで、春の花がほころび始めているせいだろうか。街路樹の枝にも、若葉色の新芽が顔を覗《のぞ》かせている。

尚紀はシャッターの下ろされている店舗の前に立ち、肩にかけていたバッグからキーケースを取り出してシャッターのロックを解除した。鍵《かぎ》当番は、十時の開店より最低でも一時間は早く出勤して店を開けなければならない。

「よいしょ……っと」

重いシャッターを押し上げた尚紀は、ガラスのドアも解錠して薄暗い店内に入った。

店舗の奥にあるスタッフルームでシャツとダークブラウンのパンツに着替えると、撥水《はっすい》加工の施された黒いロングエプロンを身につける。

シャツを腕まくりして、ギュッとエプロンの紐を締めた。

「おはよ、羽山《はやま》。早いな」

スタッフルームから出たところで、チーフスタッフの時田《ときた》がガラス扉を開けて入ってくる。そういう時田も、早い出勤だ。

ここに勤めて十年近くになる時田は、不在がちな店長に代わって店の責任者状態になっているせいだろうか。

「おはようございます。僕は鍵当番なので……」

笑って挨拶《あいさつ》を返した尚紀に、脇《わき》を通り抜けようとしていた時田が足を止める。「あれ？」と首を傾《かし》げて尋ねてきた。

「そういえば羽山、一昨日《おととい》も鍵当番じゃなかったか？」

「えーと……はい」

昨日の帰り、同僚の女の子に「明日、鍵当番お願いできない？」と頼まれたのだ。どうやら、彼氏が泊まりにくるから少しでも朝をゆっくりと過ごしたかったらしい。

性格的に、尚紀が頼みごとをされたら断れないのをわかっているから、手を合わせたのだろう。

　実際に断れなかったし、断る理由もないので二つ返事で引き受けたのだが。

「おまえ、いっつも押しつけられてるな。たまには、きちんと断れよ。それか、次の鍵当番を代わってもらえ」

　ハッキリとした時田は、おとなしくて自己主張をあまりしない性格の尚紀を見ていると、もどかしくなるらしい。

　よく、「貧乏くじを引かされて黙ってんなよ」と眉を顰《ひそ》められるのだが、今日も難しい顔でそう言ってため息をついた。

「いいんです。僕は、少しでも長く花と接していられるのが嬉《うれ》しいので……。今日はあたたかくて気持ちいいですね」

　尚紀自身は、時田が言うように「貧乏くじを引かされた」などと思っていない。朝の店に一番乗りして、人けのない静かな空間で花たちに出迎えられるのは決して悪い気分ではないのだ。

「……ああ。やっと水の冷たさがマシになった」

　同僚の女の子を責める気のない尚紀が、意図的に話題を逸《そ》らしたと気づいたのだろう。尚紀の言葉に仕方なさそうにうなずいた時田は、近くにあるカスミソウのバケツへ手を入れて苦笑する。

水とは縁を切れない職場なので、冬場はあかぎれや霜焼けが絶えない。ただ、四月に入り水の温度が上がってきたことで、少しはマシになるはずだ。

「俺、裏で今日入荷予定の生花リストを纏《まと》めておくな」

「はい。僕は観葉植物のほうを」

時田と別れると、鉢植えのものを店舗の外に出してジョウロでそっと水をかけていく。緑の葉が丸く水を弾《はじ》き、朝日をキラキラと反射しているのに目を細めた。

観葉植物は、種類別の管理表を見ながら水やりの間隔をチェックする。

「三日前……か。今日はいいな」

ファイルを確認した尚紀は、日当たりを好むものと直射日光に当ててはいけないものに分けて、店内を移動させる。

そうしているうちに、他の従業員が出勤してきて店内が活気に満ち始めた。

「おはよ、羽山」

「あ、おはようございますっ」

背の高い観葉植物の鉢を抱えたところで脇から声をかけられて、反射的に答えた。葉が邪魔をして前が見えないけれど、この声は……坂江《さかえ》、五つ上の先輩だろう。

フラワーショップ『花風《かふう》』は、店長を始め六名の従業員がいる比較的大きな店舗だ。花を販売するだけでなく、観葉植物をリースしたり結婚式用のブーケを依頼されて作ったり、店長やチーフクラスになるとフラワーアレンジメントの講習に出向いたりもしている。

尚紀はここで勤め始めて三年目になるのだが、年齢的に最年少のせいもあってスタッフの中では尻《しり》に殻のついたヒヨコ扱いをされている。

お客さんの要望を聞いて花束を作ったり、観葉植物をリースしているオフィスや飲食店に出向き、メンテナンスをしたりするのが主な役割だ。

「そういえば、コンテストのエントリー、もうすぐ締め切りだけど……羽山は今回も出さないのか？」

スタッフルームで着替えてエプロンを身につけた坂江が戻ってきて、大きなバケツを覗きながら声をかけてきた。

黄色く変色したバラの葉を、一つずつ丁寧に摘み取っている。

「あ、はい。僕は……まだ」

コンテストとは、ラッピングやアレンジメント、リースなどの部門ごとに分かれて、それぞれ腕を競うものだ。

店長からも、そろそろアレンジメント部門に出してみるか？　と声をかけてもらっているが、自分ではまだ修業不足だと思っているので辞退し続けている。これまでコンテストに出た先輩方は、優秀な成績を収めているのだ。ショップの名前を背負うからには、無様な作品を出品するわけにいかない。

「おまえ、いいセンスをしてるんだから、一回挑戦してみればいいのに。たいていは、出たがるんだけどなぁ」

「とんでもない。まだまだ修業が足りません」

慌てて首を左右に振ると、坂江は苦笑を浮かべて尚紀の背中を叩《たた》いた。

「ったく、相変わらず謙虚っていうか……。多田《ただ》に聞かせてやりたいねぇ」

先週末、店を辞めたスタッフの名前を口にした坂江に相槌《あいづち》を打つこともできず、曖昧《あいまい》に笑ってみせる。

同業の他店から移ってきた多田は、尚紀と同じ年でいながら駅の構内にあった前の店ではアレンジメントのほとんどを手がけていたという。腕に相当の自信があったようなのだが、この店のルールとして最初の一ヶ月は雑用だと聞かされて、あからさまに不満そうな顔をしていた。

自分の作ったものを見せれば、納得すると考えたのだろう。独断でアレンジメントを作り、店長に「勝手なコトするな！」と叱責《しっせき》された翌日に前触れもなく辞めてしまった。勤め始めて、一週間しか経っていないのに……。

「最近のワカモノは、気に入らなかったら辞めりゃいいと思ってやがる」

鹿爪《しかつめ》らしい顔でそんな言い方をする坂江に、つい笑みを零《こぼ》してしまった。

まるで、お年寄りのセリフみたいだが……。

「坂江さんも、二十代じゃないですか」

チラリと目にした坂江は、細身の白いシャツとカーキのパンツという尚紀とそう変わらない服装だが、別物のように着こなしている。なにが違うというのではなく、スタイルがいいせいだろう。

長めの前髪はワックスかムースで軽く後ろに流し、スッキリ整った顔には黒いフレームを強調していながら野暮ったさを感じさせない眼鏡《めがね》。

尚紀から見れば、充分に『最近のワカモノ』にカテゴリーできる雰囲気の外見だ。

接客が中心の仕事なので清潔感には気をつけているけれど、ファッションや髪型に拘《こだわ》りのない尚紀より、ずっと『最近のワカモノ』に近いと思う。

「あー……一応、ギリギリだけどな。ま、ワカモノって一括《ひとくく》りにしちゃ悪いか。羽山みたいに、真っ正直っつーか真面目《まじめ》なタイプもいることだし」

「……普通に仕事をしているだけですが」

馬鹿にする響きではなく『真面目』と言われて、首を横に振った。特別に褒《ほ》められることではないと思う。

「その、『普通に仕事』ができないヤツもいるからなぁ。特に、ココはよそよりキツイみたいだから」

確かに……『花風』は、業界でも名が通っているが故に下積み期間が長いと言われている。

でも尚紀は、ここを就職先に選んで、正解だったと思っている。

同時期に入った三人は二ヶ月ほどで辞めて別の店に移ってしまったし、その後も何人か新人が入っては辞め……先日の多田で何人目か、もはやわからない。それでも自分は、辞めたいと思ったことなどない。

「僕は、ここが好きなだけです」

多くは「やってらんねぇ」と言い残して去っていくのだが、尚紀は基礎からしっかりと学ばせてくれるここのシステムに感謝している。それに厳しいだけでなく、先輩スタッフたちは皆いい人なのだ。

「そいつは、仕事をしていく上でなによりだ。店長が聞けば嬉し泣きしそうだなー。特に、酒が入ったら……なぁ？」

「はは、最初はビックリしました」

ここの店長は、見た目は厳《いか》つい大男なのだが……所謂《いわゆる》『泣き上戸』だ。アルコールが入れば、些細《ささい》なことでも感動して目を潤ませる。

スタッフは全員それを知っていて、普段とのギャップを面白がっている。といっても、馬鹿にしているのではない。愛すべきキャラとして、店長がいない時はことあるごとにネタにしている……と、当の本人は気づいていないはずだ。

「っと、本日のお客さん一号だ」

ガラスウインドウ越しに、こちらへ顔を向けた通行人の姿が見て取れる。雑談を止《や》めた坂江が、営業スマイルを浮かべて入り口に足を向けた。

本日第一号のお客さんは、若い女性のようだった。

人当たりがよくて容姿が整っている坂江は、女性客の受けがいい。接客技術に関しても抜群だから、自分が出て行くよりよさそうだ。

坂江に接客を託してしまうことにした尚紀は、ファイルを手に観葉植物の手入れの続きに取り掛かる。

大好きな花に囲まれている上に、花束を抱えたお客さんの嬉しそうな笑顔を見ることができる……すごくいい仕事をさせてもらっていると思う。

友人から、「……老人かよ。もっと、ギラギラした野心を持てば？」などと笑いながら言われようと、穏やかで平和に過ぎていく日々が幸せだった。

□　□　□

「羽山、東洋《とうよう》ホテルさんに行ってきます」

昼食を終えた尚紀は、スタッフルームにあるホワイトボートに行き先を書き込む。スタッフたちの、「行ってらっしゃい」「ヨロシク。気をつけて」という声に送られて、店を出た。

駐車場には、店名がペイントされたワゴン車が停められている。その後部荷台に、観葉植物のメンテナンスに使う道具が入ったバスケットと、一抱えもある華やかなフリージアの花束を積み込んだ。

これから向かう東洋ホテルは、尚紀が『花風』に勤め始める前からのお得意様だ。客室フロアのエレベータホールに置かれている観葉植物のメンテナンスを、週に二回、火曜日と金曜日に行っている。

フロントの隅に飾る花は、毎週火曜日に交換することになっている。豪奢《ごうしゃ》な花束は、その日に入荷した花から季節のものを選んで製作するのだが、これまでは先輩スタッフが作っていたのを運ぶだけで尚紀は手を出すことができなかった。でも、先月からは全面的に任せてもらえるようになったのだ。

個人のお客さんの要望を聞きながら、小さな花束を作るのはすごく好きで楽しい。でも、華やかに咲き誇る大振りなものを組み合わせ、人目を惹《ひ》くための豪華な花束を作るのは、また違った楽しさがある。

こうしてホテルまで運び、自らの手でフロントに飾り……多くの人の目に触れることを想像すると、わくわくする。

そうして高揚するのと同じくらい、

「ホテルの顔に飾らせてもらうんだもんな」

自分の手で作った花束をフロントに飾らせてもらえるのだと考えるだけで、なんとも形容し難《がた》いプレッシャーに襲われる。

時田や坂江、店長には「大丈夫。自信を持て」と言ってもらえたけれど、なかなか慣れそうにない。

赤信号に変わって停車したところで、バックミラー越しに後部荷台のスタンドに立てかけてある花束へと目を向けた。

「頑張って、お客さんの目を楽しませてよ」

花束に話しかけても、当然答えがあるわけではない。深呼吸で緊張を押し戻して、ハンドルを握る手に力を込めた。

平日の昼間、しかも午後の中途半端な時間のせいか、ワゴン車は渋滞に巻き込まれることもなく、三十分弱で目的のホテルに着いた。

東洋ホテルは、新しい建物ではないけれど老舗《しにせ》といわれる格式の高い一流ホテルだ。都内でも一等地にある。客層も外国人やある程度以上の年齢の人が多く、こうして仕事で訪れるのでなければ尚紀が個人的に足を踏み入れる機会はまずないだろう。

地下の駐車場に車を停めて従業員用のエレベータに乗り込むと、一番にフロントへ向かう。レイトチェックアウトの宿泊客が帰ってからチェックインが始まるまでの約二時間で、花を替えて観葉植物の手入れをして……という一連の作業を終わらせるため、のんびりとはできない。

「こんにちは。『花風』です。お花、交換しますね」

フロントにいるホテルのスタッフに声をかけておいて、大きな花瓶を抱え上げる。ホテルの利用客からは見えないバックヤードへ持っていって、新しい花と入れ替えをしなければならない。

この花瓶が、重い。生けてある花と水、花瓶自体の重量を合わせると五キロを下らないだろう。

フラワーショップに勤務していると言えば華やかなイメージを持たれがちだが、腕力や体力が必要な作業は割と多いのだ。

「っしょ……」

気合いを入れて腹のところで抱えたけれど、こんもりとした花や葉のせいで前がよく見えない。

視界を遮《さえぎ》る花の隙間から、なんとか前方を覗き見ながら慎重に足を進めた。

「……大丈夫ですか？」

大きな花瓶を抱えて歩く尚紀は、端《はた》から見ると頼りない足取りだったのだろうか。低い声と共に抱えていた花瓶がフッと軽くなり、驚いた。

「あっ……慣れていますから、大丈夫です。すみません……」

慌てて顔を上げると、尚紀の斜め前に立って花瓶の底に手を添えていたのは、長身の男だった。少なく見積もっても、百八十二、三センチはありそうだ。

整えられた短めの前髪が、凛々《りり》しい印象を与える。涼しげな切れ長の目と硬質な雰囲気は、年齢的には若そうなのに不思議なくらい威圧感があった。

メディアに出てくる人を見ても、洋風な顔立ちの多い昨今では珍しい……正統派の和風美形だ。

やけに上のほうから見下ろされているような感じがするのは、もともと長身な上にスッと伸びた背筋のせいかもしれない。

普段から、やわらかい……中性的な雰囲気の顔立ちをしていると言われる尚紀にとって、このタイプの男を前にすると羨望《せんぼう》と敗北感の入り混じった複雑な気分になる。

こんなに、自分の理想を全部持っていなくても……一つくらい分けてくれてもいいじゃないか、という理不尽な思いが込み上げそうだ。

男は、白い海軍服を模したこのホテルの制服に身を包んでいるけれど、今まで尚紀が見たことのない顔だった。

系列のホテルから出向してきているのか、新しく入った人かもしれない。これほど印象的な男前なら、一度でも見かけていたら記憶に残っているはずだ。

尚紀はマジマジと男の顔を眺めながら、ほんの数十秒のあいだにそんな分析をした。ついでにコッソリ視線を走らせたネームプレートの名前は、『SYUUMEI TOUDOU』。

……トウドウ、シュウメイ。名前まで、なんとなく古風な響きで凜々しい。

「よろしければ、持ちましょうか」

足を止めたまま尚紀が動かないせいか、トウドウ氏はわずかに首を傾げて尚紀の手から花瓶を取り上げた。

「あっ、いえ！　すみません……ぼーっとしていて。本当に大丈夫です。ありがとうございます」

我に返った尚紀は、男の手から花瓶を引き取って抱えなおすと、ペコリと頭を下げて歩みを再開させた。

ビックリした！　まさか、本当に花瓶を持とうとしてくれるなんて……。白い制服が汚れるとか、考えなかったのだろうか。

廊下の角を曲がる瞬間、さり気なく振り返る。まっすぐに背筋を伸ばして歩いていく、トウドウ氏の背中が目に入った。

……このホテルの制服は、足が長くて肩幅の広い……日本人離れしたスタイルの人間でな

ければ着こなせないデザインだと思う。数人いる外国人スタッフ以外で初めて、制服に負けていない人を見たような気がする。

「……っ、仕事、仕事っ」

ぼんやりとしていた尚紀は、そう自分に言い聞かせて早足になった。

白い制服に包まれた広い背中が、尚紀の目に焼きついていた。あの男に深入りしてはいけないと、心のどこかで囁《ささや》く声が聞こえてくる。

心臓が……猛スピードで脈打っている原因は、なにか。これ以上深く考えないよう必死で頭から追い出しながら、大股《おおまた》で廊下を歩いた。

一度車に戻ってフロントで取り替えた花束を置くと、各フロアのエレベータホールに設置してある観葉植物の手入れをするために、今度は観葉植物のメンテナンス用品が入ったバスケットを手に持った。

喫茶店などの小規模店舗や個人事務所に飾るものは『花風』にあるものをリースしているけれど、このホテルのように二十ものフロアがある大きな建物の場合は、観葉植物を栽培している業者から直接納入してもらっている。

ただ、メンテナンスは『花風』の仕事だ。

「次は、なににしようかな」

尚紀は最上階のフロアで降りると、ひょろりと伸びたサンセベリアの葉を湿らせたタオルで拭《ふ》きながら、独り言をつぶやく。

三ヶ月に一度の間隔で、観葉植物の種類を変更するのだ。六月の頭からは、別の鉢がここに据えられることになる。

それを考えるのも、尚紀の仕事だ。

「……パキラか、ベンジャミン……でもいいな」

サンセベリアは個人的には好きな植物なのだけど、こうして見せるために飾るには少し地味な印象だった。なので、次は葉の多い、華やかな種類がいいかもしれない。もしくは、脚の長い小さなテーブルを設置して、ハンギングタイプのアイビーかアジアンタムあたりを垂らしてもいい……。

様々な観葉植物がこのホールに置かれているところを仮想しながら、イメージをふくらませる。

落葉が少なく、地味ではない見た目の、それでいて存在を主張しすぎないもの。色は鮮やかなほうがいい。

あと、この一年以内に設置したことのあるものは避けたい。

「カタログと睨《にら》めっこだな」

今すぐには決められそうにないので、『花風』に帰ってから観葉植物のカタログを眺めることにして、サンセベリアの前から立ち上がった。

隅に置いてあったバスケットを手にして、奥まったところにある従業員用のエレベータに乗ると次のフロアへ降りる。

サンセベリアの前に屈《かが》んで葉についた埃《ほこり》や汚れを落とし、霧吹きで少しだけ湿気を与える。黄色に変色している葉は、思い切って根元からはさみで切ってしまう。

そんな作業を繰り返しながら五階まで降りた尚紀は、十二階で停まっている従業員用のエレベータを待った。

他の階に停まることなく降りてきたエレベータの扉が目の前で開いた途端、無言で目を瞠《みは》る。

「ッ……」

不意打ちだったせいで、露骨に動揺を表してしまった。

……あの男、トウドウが乗っていた。

足がすくみそうになったけれど……ここでエレベータに乗らないのは、ものすごく不審な行動だろう。

トウドウと目を合わせないようにしながらぎこちなく頭を下げた尚紀は、コクンと小さく喉《のど》を鳴らしてエレベータに乗り込んだ。

階床ボタンの前に立ち、トウドウに背中を向ける。

心臓が鼓動を速める。頬《ほお》が紅潮しているかもしれない。トウドウの目から、顔を隠したかった。

いくら理想の容姿をしていると言っても、これほどトウドウを意識する理由が自分でもわからない。

「……あっ！」

尚紀が四階のボタンを押してエレベータが少し下降したところで、ガクンと不自然な揺れに襲われた。

パッとエレベータ内の照明が消え、代わりに淡い非常灯が点灯する。

なにが起こったのかわからず、尚紀はエレベータの壁にしがみつくようにして硬直した。

なに……？　もしかして、エレベータが……。

「……停まりましたね」

背後から、落ち着いた低い声が聞こえてくる。そこでやっと、一人じゃなかった……と思い出した。

自分以外の人の気配に、強張《こわば》っていた肩からほんの少し力が抜ける。耳の奥で、ドクドクと脈打つ心臓の鼓動が響いていた。

「すみません、そこの非常ボタンを押して通報していただけませんか」

「………」

それでも、やっぱり動けない。

トウドウの声は耳に入ってくるのに、尚紀は指を動かすことさえできなかった。

「……あの……？」

トウドウが戸惑っているのはわかるけれど、返事ができない。

怖い……。

この、暗くて狭い場所が怖くてたまらなかった。指先が冷たくなり……小刻みに震えるのを止められない。

視界がぶれ、非常灯の光がぼやけて見える。

「……失礼。私が通報します」

尚紀の隣に立ったトウドウは、長い腕を伸ばして非常ボタンを押した。

低い声がなにか話しているのはわかるけれど、尚紀の耳には水の中で聞いているような不明瞭なものだった。

うわん……と、変に間延びしたり反響したりしている。

「大丈夫ですか？　私の声、聞こえていますか？」

大きな手で肩を摑まれて、ぎこちなく目だけを動かした。真っ黒な……切れ長の目と、視

線が絡《から》む。

「……息をして。ほら……大丈夫だから」

長い指が、食い縛っていた尚紀の前歯をこじ開けた。もう片方の手で強く背中を叩かれて、ビクッと硬直が解ける。

「ぁ……、っ……ふッ……」

「っと」

詰めていた息を吐き出したと同時に、ふっと膝《ひざ》の力が抜けた。床に崩れ落ちそうになったところを、長い腕に抱き留められる。

空気が動き、鼻先をかすかな柑橘系《かんきつけい》の香りがふわりとくすぐった。コロンかなにかをつけているのかもしれない。

「す、みません……ごめんなさい」

「エレベータが突然停まれば、驚いても仕方ないです。どうやら、電気系統のトラブルらしくて……すぐに管理会社の方が来てくださるそうですよ」

小さい子供を宥《なだ》めるように、大きな手が尚紀の背中を撫《な》でる。

その途端、泣きたくなるほどの安堵感が込み上げてきて、思わず白い制服の脇腹あたりをギュッと握った。

「あ！」

ふと、自分が土や埃のついたエプロンを身につけていることを思い出した。この状態で密着したら、彼の真っ白な制服を汚してしまうのでは……いや、既に汚しているのではないだろうか。


今頃になってそれに気づく己《おのれ》の思慮の至らなさに、ザーッと顔から血の気が引く。

「すみませんっ。あなたの制服……汚しちゃったかも……」

慌ててトウドウの腕から逃れようとしたけれど、尚紀の背中を抱く腕は離れていかない。それどころか巻きついてくる腕の力がギュッと増して、尚紀を腕に抱いたままエレベータの床に座り込んでしまった。

驚きのあまり、声を上げる。

「白い制服、汚れるのに……っ！」

「気にしなくていいです。着替えはありますから。……それより、花屋さんが震えているのが可哀想《かわいそう》で」

そう答えた低い声は、自分ではどうにもできない混乱に陥《おちい》りかけていた尚紀を落ち着かせる、穏やかなものだった。

花屋さん、という言葉がスッと耳に飛び込んでくる。

「あの、僕は羽山尚紀です。羽の山で羽山……」

硬質な雰囲気のトウドウが、真面目な声で花屋さん、という呼び方をするのがなんだか可《か》愛《わい》い。

そんなふうに考えられる余裕が戻ってきたのは、背中に当てられたあたたかい手のおかげだろうか。

「羽山さん、ですか。私は東堂秋名《とうどうしゅうめい》といいます。東のお堂に……季節の秋と、名前の名でシュウメイ。よく、アキナさんですか？　と可愛らしく読み間違えられます」

尚紀が肩を震わせたことが伝わったのか、ポンポンと軽く背中を叩きながらそう口を開く。ぐずる子供を宥めようとしているみたいだ。

頭の中で、『東堂秋名』……と教えられた漢字を思い描いた。確かに、アキナと読んでしまいそうだ。

自然と微笑が浮かび、尚紀は笑える自分にホッとした。

どことなく雅《みやび》な名前は、古風な印象の彼によく似合っていると思う。

もしかして、尚紀の緊張を解《ほぐ》すために『可愛らしく読み間違えられる』とつけ加えたのかもしれない。

そう思い浮かべるのとほぼ同時に、頭上から遠慮がちな東堂の声が降ってくる。

「こうしてくっつくことで、少しでも安心していただければいいのですが。それとも、余計なお世話でしょうか」

「いえ、とんでもないっ。ありがとうございます。その、すごく安心します」

もしエレベータ内にいたのが自分だけなら、蹲《うずくま》って震えるしかできなかっただろう。非常ボタンの存在さえ思いつかなかったかもしれない。

一人きりで、薄暗いエレベータ内に延々と閉じ込められて……と想像しただけで、ゾクゾクと寒気《さむけ》が込み上げてきた。

尚紀の震えは密着している東堂にまで伝わったらしく、ゆっくりと背中を撫でられる。

小さな子供みたいで、恥ずかしい。恥ずかしいのに、とてつもない安堵を覚えているのも事実だ。

「……本当に、すみません。僕、暗くて狭いところが苦手で」

恥の上塗りかもしれないが、言い訳じみた口調でポツポツと零す。

子供の頃、厳しい義父に些細なことで叱責されて、幾度となく真っ暗な納戸に閉じ込められた。

こうして成人した今になっても、狭くて暗いところにいると、あの時の心細さと恐怖を思い出してしまう。夜に眠る時、未《いま》だに部屋を真っ暗にできないくらいだ。

いい歳して、暗いのが怖いなんて情けない。そうわかっていながら、なかなか矯正できなくてもどかしい。

「不得手なものは誰にでもあります。……実は私は、猫が苦手でして。手のひらサイズの子猫でも、目が合うと全速力で逃げます」

「猫……？　本当ですか？」

自分のために、そんな嘘を言ってくれているのだろうか。この東堂が、子猫から逃げるなんて……想像できない。

聞き返した尚紀の言葉に疑念が滲《にじ》み出ていたのか、返ってきた東堂の声が苦笑混じりのものになる。

「情けない話ですが、本当です。だから、こうしていて怖いのが紛れるのでしたら、遠慮なくどうぞ」

ギュッと肩を抱き寄せられて、今度は怖さとは違う意味で身体を緊張させた。

尚紀の肩をすっぽりと包んでしまえるほど、大きな手だ。

耳全体が熱いので、きっと赤くなっている。もしかしたら、顔面も紅潮しているかもしれない。

ただ、幸いなことに薄暗いせいで東堂にはわからないはずだと、自分に言い聞かせる。

お願いだから、気づかないでください……。

祈るようにそう繰り返しながら、シャツ越しに伝わってくる東堂の手のぬくもりに意識を集中させた。

自分が今、薄暗くて狭い空間に閉じ込められているという恐怖心が薄くなっていく。東堂が、寄り添ってくれているから。

「羽山さんは、花が……お好きなんですか？」

しばしの沈黙を東堂の声が破る。どうにかして、話題を引っ張り出した感じだ。

きっと、基本的にしゃべるのが苦手なのだろう。尚紀の気を逸らすために、話を振ってくれているのかもしれない。

尚紀は、優しい人だな……と思いながら、言葉を返した。

「……好きです。食べられないし、花びらや葉が落ちたらゴミになるだけでなにも役に立たないって言う人もいますけど……綺麗《きれい》な花が嫌いな人はいないですよね。恋人へのプレゼントなのか、物慣れない雰囲気の男性が花束を買いに来られると、すごく応援したくなります。つい、こっそりとオマケしたりして……」

昨日の夕方、大学生くらいの男の子が恥ずかしそうに花束を買いに来たことを思い出して小さく笑った。

彼女へのプレゼントらしく、花の名前など知らないと言いながら、一生懸命にイメージを伝えてきた。

派手な色や大きな花ではなく、ふんわりとした雰囲気の小さなものがいい。でも、予算があまりなくて……。

そう照れくさそうに口にした彼の意向を汲《く》み、接客を担当した尚紀は淡いピンクやオレンジを中心にした八重咲きのチューリップと低予算でもボリュームを出すことのできるカスミソウを使って、小ぢんまりとした花束を作った。

こんな感じでどうですか？　とリボンをかけた花束を見せたら、彼は「……カワイイです」とつぶやき、仄《ほの》かな微笑を浮かべたのだ。

彼の思いが詰まったあの花束を贈られた人は、喜んでくれただろうか。

「ああ……きっと女性が考えているより、男にとって花束というアイテムは恥ずかしいですよね」

東堂が、苦笑を深めた声で「男性と花束について」の話に同意する。恥ずかしいという一言は、実感の籠《こも》ったものだ。

……そんなふうにわかるということは、東堂も誰かにプレゼントしたことがあるのかもしれない。

この人がフラワーショップの前に立ち、思案の表情を浮かべていたら、女性店員などは嬉《き》嬉《き》として店内に招き入れそうだ。

「このホテルのフロントに飾ってある花は、羽山さんが種類や組み合わせを考えて花束になさっているんですか？」

ロビーで尚紀が大きな花瓶を抱えていたことを思い出したのか、今度はそう話を振ってくる。

「あ、はい。先月から……ですが」

うなずいて答えると、肩にあった東堂の手がピクッとかすかに震えた。その反応がなにを意味するのかわからず、じわりと不安が込み上げてくる。

なにか、おかしいだろうか。

今日は、春らしいパステルイエローとホワイトのフリージアに、爽《さわ》やかなグリーンを組み合わせたのだが……。

「いつも、とても綺麗なものを飾ってくださっているので、その……女性が作られているのかな、と勝手に想像していました。……と、失礼なことを言って申し訳ございません」

女性だと思っていたと告白するのは、気まずそうな声だった。

花に問題があるわけではないのだと、ホッとすればいいのか……女性だと思われていたことに気落ちすればいいのか、複雑だ。

「……いえ。力が必要なこともありますので、この業界は男性も多いんです。え……っと、こちらこそなんだかすみません」

フロントの花を目にして、可愛い女性を想像していたのなら……作り手が自分でゴメンナサイ、という気分になる。知らなければよかったと、そんなふうに思われてしまったら少し寂しい。

ポツリと謝罪した尚紀に、東堂の身体が揺れた。

「とんでもない。私が勝手な思い込みで失礼なことを言ったのに、羽山さんが謝られる必要はないです。……羽山さん、なんだかいい匂いがしますね。花の匂い……ですか？」

不意に、東堂が尚紀の肩口に顔を寄せてきた。

端整な顔を、薄暗い中でもハッキリ見える至近距離で目にすることになり、心臓がドクンと大きく脈打つ。

尚紀が見上げなければならない長身なので、こうして斜め上から目にすると奇妙な感じだ。たとえ角度が変わっても、硬質な雰囲気の整った顔に粗《あら》などは見当たらないが……。

ふと、必要以上に東堂の顔を見すぎてしまっているのではないかと気づき、尚紀はぎこちなく目を逸らした。

なにか、話さなければ。ジッと見ていたことに気づかれたくない。気づかれてはいけない。

先ほど東堂は、なんて言った？　確か、花の匂いがする？

「え……っと、匂いですか。なにかな。さっき、フロントにフリージアの花束を飾ったので……その匂いかもしれません」

動揺を押し隠して、しどろもどろに答えた。

答えるまでに不自然な間があったと思うけれど、東堂は幸いにも不審に感じなかったのか、なるほど……とうなずいて顔を起こした。

尚紀が、密着されてドキドキしていることなど、微塵《みじん》も考えていないという態度だ。よかった。

「私は、花の名前はひまわりやチューリップくらいしか知りませんが、羽山さんはよくご存知でしょうね」

「……たいていの男性は、そんなものだと思います。僕は、両親が生花店を経営していたので、自然と花の名前を覚えましたが……」

小学校から帰ると、一番に店に顔を出してささやかな手伝いをしていたが、現在勤めているフラワーショップの十分の一にも満たない小さな店だった。

幼い尚紀は、色とりどりの花も、花束を抱えて嬉しそうに笑うお客さんを見送るのも、大好きだった。

小さな花の持つ、無限のパワーを目《ま》の当たりにするようで……口の悪い同級生に『男の花屋』とからかわれても、小さな店が誇りだったのだ。

「ああ……今のお勤めは、ご両親のお店を継がれたんですか？」

「いえ、父が……亡くなったので、その店はもうないんです。一度は花と関係のない大学に入ったのですが、どうしても花にかかわる仕事がしたくて……成人したのをきっかけに大学を辞めて、今のフラワーショップに就職しました。どうやら僕は、根っからの花好きみたいです」

母が再婚したのは、父のいなくなった三年後だった。実子のいない義父は、尚紀が事業を継ぐことを望んでいた。

母の立場もあるだろうと、薦められるまま経済学部に入学したけれど、もともと興味があるわけではない講義は苦痛なばかりで、どうしても馴染めなかった。

結局、十年かけて溜《た》め込んだフラストレーションが爆発してしまい、成人すると同時に大学に退学届けを出した。

それまで逆らうことのなかった尚紀の反乱に、当然義父は激怒した。

継ぐ気がないのなら、面倒を見る義理はないから出て行け！　という声を背に家を飛び出し……もう三年が経つ。それ以来『羽山』の家とは完全な絶縁状態で、母親とも連絡を取っていない。

どうして、初対面の人にこんなことを話しているのだろう……。一番仲のいい店の先輩にも、話したことはないのに。

「って、すみません。なんか、僕……変なコトしゃべってますね」

尚紀は、ふと冷静になって言葉を切った。

そして、互いの顔もハッキリ見えないこの薄闇《うすやみ》のせいかもしれないと理由をこじつける。

東堂の纏う空気が、心地いいから。なんでも受け止めてくれそうな安心感があるから……とは、認めてはいけない気がした。

「…………」

一度口を噤《つぐ》んでしまうと、なにも言葉が出てこない。東堂も、なにを話せばいいか困っているのかもしれない。

どうしよう……と必死で話題を探して、ようやく無難なものを思いついた。

「あ……そういえば東堂さん、この春から転勤になってここにいらしたんですか？　僕、去年の夏からこのホテルで仕事をさせてもらっていますが、今までお逢《あ》いしたことはないですよね」

一度でも見かけていたら、記憶に残らないわけがない。ということまでは言えなかったけれど、ついでに気になっていたことを聞いてしまう。

東堂は、尚紀の質問に落ち着いた声で答えた。

「私は、この春に大学を卒業したところでして……まだまだ見習い中です」

「新卒……ってことは、二十二……ですか」

予想もしていなかったその返答に、心底驚いた。この、憎たらしいほどの落ち着きを持った青年が。

「年下……」

心の中でつぶやいたつもりが、口から零れ落ちてしまった。啞然《あぜん》とした尚紀の声が耳に入ったのか、小さく東堂の肩が揺れる。

「よく、老けていると言われます。言動も、外見的にも……」

苦笑を滲ませた言葉を、「そんなことないですよ」と否定できない。

老けているというより、『大人びている』が正しい表現だと思うけれど、そうしてフォローする余裕もなかった。

「僕は、二十三歳なんですが……同じ年か、いくつか上だと思っていました」

三つも四つも年上だとしても不思議ではない、とまで思っていたのに。ものすごい衝撃だった。

落ち着きと年齢は、関係ないのかもしれない。尚紀など、未だに居酒屋に入る際に未成年者ではないかと疑われるほどだ。

「すみません。私も、失礼ですが羽山さんは年下だとばかり」

前置きで謝罪しておいて、そんな言葉が返ってくる。東堂の声はこれまで淡々としていたのだが、驚きを隠せていない。

「…………」

反論のしようがなかった。

きっと、そのあたりの通行人をつかまえて聞いても、東堂より尚紀が年下だろうと言われるはずだ。

「あ……」

言葉をなくしていると、不意にガクンとエレベータが揺れた。ビクッと震えた尚紀の肩を、東堂が強く抱き寄せる。

次の瞬間、パッと電気がついた。薄闇に慣れていた目にはまぶしくて、忙《せわ》しないまばたきを繰り返す。

明るい蛍光灯に照らされた中、東堂の切れ長の瞳と目が合って……。

「あっ、すみません。ありがとうございました！」

「いえ」

ベッタリと密着していることが急に恥ずかしくなってしまい、慌てて東堂から身体を離した。

首から上が熱いので、きっと顔全体が赤くなっている。そんな顔を隠そうと、東堂に背中を向けると同時にエレベータが動き始めた。

ゆっくりと下降したエレベータは次の四階で停まり、なにごともなかったかのように扉が開いた。

「お待たせしました。大丈夫ですか？」

そこには作業着を着た中年の男性が立っていて、開いた扉に手を当てて中にいる尚紀たちを覗き込んでくる。

「はい……」

床に座り込んだまま、まだなんとなくぼんやりしている尚紀とは違い、東堂は立ち上がって制服の汚れを手で払っていた。

薄暗い時は遠慮なく密着していたのに、明るくなると目を合わせることもできない。あの腕に抱かれて……安心しきっていた自分が、恥ずかしい。

自分でも、うまく説明のつかない感情に戸惑う尚紀をよそに、東堂は落ち着き払った様子で作業服の男性と言葉を交わしていた。

いつまでも呆《ほう》けている尚紀を不審に思ったのか、東堂が振り向きそうになったのに気づいて慌てて立ち上がる。

勢いが余ってよろめいてしまったけれど、エレベータの壁に手をついてなんとか身体を支えた。

「……とりあえず、お客様用のエレベータでなくてよかったです。羽山さん、支配人が直接お逢いしてお詫《わ》びを申し上げたいそうですが」

一瞬、東堂と目が合った。ドクンと心臓が大きく脈打ち、尚紀はさり気なく頭を下げて視線から逃れる。

「いえっ。いいです。気にしないでください。僕は、やり残した仕事に取りかかりますから。失礼します」

観葉植物のメンテナンス用品が入ったバスケットをしっかり握ると、逃げるようにして東堂の脇を通り抜ける。

失礼な態度だ、とか。もっと、きちんとお礼とお詫びを言わなければならない……とか。

理性的に考える余裕もなかった。

今はただ、東堂の前から去りたいという思いばかりが込み上げてくる。

東堂は驚いていたかもしれないが、振り返ることもできず、小走りでゲスト用のエレベータホールへ向かった。

まだ、肩に東堂の手の感触とぬくもりが残っているみたいで……いつまでも動悸がおさまらなかった。

《二》

不意打ちだ。

さっき、花瓶を取りに来たときにはいなかったのに……。

バックヤードで新しい花に替えて花瓶を持っていくと、フロントのカウンターに東堂の姿があった。

東堂は神出鬼没だ。

フロントにいることもあれば、ポーターをしているところを見かけたこともある。ロビーのティールームで、ウエイターをしていたことまであった。

どうやら、不定期にホテル内のあちこちの部署を回って多様な仕事をしているらしい。東堂本人は『見習い』という言い方をしたけれど、どの部署に配属するかという適性を見極めるための研修期間だろうか。

「……こんにちは、羽山さん。今週は、チューリップですか」

尚紀が抱えている花瓶の花に目を留めると、静かな口調で話しかけてくる。以前、チューリップの名前ならわかる……と言っていたせいか、少しだけ嬉しそうだ。

端整な顔に浮かべられた仄かな笑みに、トクトクと心臓が鼓動を速める。

「こんにちは……」

露骨に避けている感じにならないよう、さり気なく視線を落とした尚紀は、小さな声で挨拶を返した。

他に、もっと言うべきことがあるだろう……と。焦るばかりで、言葉にならない。

そんな尚紀をよそに、東堂は相変わらず落ち着き払った態度だ。

「ああ、でも少し変わった咲き方の花ですね。チューリップ……で間違いないですか？」

マジマジと花を見ながらそんなふうに話しかけられると、返事をしないわけにはいかない。

本当は、東堂の姿が近くにあるだけで心臓が変に鼓動を速めるので、できるだけ近づきたくないのだけれど。

「……はい。チューリップですけど、こっちはフリル咲きという種類で……これは八重咲き、です」

淡いピンクと白のチューリップに、若草色のリーフでまとめた花束は、春らしい明るい色彩だ。

花に興味を持ってもらえるのは、純粋に嬉しい。こうして自分が手がけたものなら、尚更だ。

おずおずと答えた尚紀に、東堂は小さくうなずいた。

「なるほど。花の先がフリルになっていますね。これは、花弁が重なって……確かに八重咲きだ。チューリップにも種類があると、初めて知りました。私がチューリップを絵に描こうとしても、きっと子供みたいにスタンダードなものしか描けないと思います」

こういう形の……と、両手を合わせて苦笑する。

隙のない凜々しい男前の東堂が、子供のような仕草でチューリップを表すのは、なんだか可愛い。

「あ……でも僕も、絵心がありませんからそういうチューリップしか描けません。こちら、置かせていただきます」

尚紀は東堂に向かって曖昧に笑ってみせると、所定の位置に花瓶を置いて花を整える。手元に東堂の視線を感じて、指先が震えそうになるのを必死で抑えた。

「それでは、失礼します」

軽い会釈を残し、そそくさと背中を向けた。

東堂は、「ありがとうございました。また来週お願いします」と答えてくれたけれど、リアクションを取ることができない。

相手を意識するあまり、ろくに目を合わせることもできない……なんて、初恋に惑う不器用な中学生のようだ。中学生なら微笑《ほほえ》ましいかもしれないが、二十三にもなった男がこれでは……不気味だろう。

自分でもそうわかっているだけに、東堂を避けてしまう。

「不自然だったかなー……」

うつむいた尚紀は、そっと吐息をついて小さな独り言を零した。

……きっと、彼を好きなのだ、と。

そう、東堂への感情は認めている。こんなふうに意識する理由が恋愛感情だろうということくらいは、勘がいいほうではない自分でもわかっている。

あのエレベータで閉じ込められた時、少しぶっきらぼうな優しさを知ったせいだが、あれがなくてもそのうち惹かれていただろう。昔から、恋心を抱《いだ》く対象が必ずしも異性ではないということに自覚がなかったわけではない。

東堂は、尚紀の理想の塊《かたまり》だった。

ただ、恋愛感情を抱いているからといって、東堂に具体的ななにかを求めているわけではない。

自分の想《おも》いを告げようとも思わない。

ただ……少し離れたところから、姿を見ているだけで満足だった。大それたことは望まないし、同性相手に想いを叶《かな》えようなどと考えてもいない。

きっとあちらにとっては、顔を合わせた時にポツポツ世間話を交わす知人程度の認識で……それでいいのだ。

変則的なシフトの東堂の勤務時間と、尚紀が東洋ホテルに出向く日が重なることは、そう多くない。四月は三度だけだったし、五月に至っては今日が初めてだ。

互いに仕事中なのだから、こうして毎回逃げるように東堂から離れることについても、さほど不審に思われないはずだ。

「……はぁ……。今日もカッコよかったな。背が高くて姿勢がいいし、周りの空気まで凜々しい」

地下の駐車場に置いてあるワゴンに戻り、ついさっきまでフロントに飾られていた花束を目にしながら東堂の姿を思い浮かべる。

この花は、フロントにいる東堂をずっと見ていたはずだ。もしかして、あの指に触れられたこともあるかもしれない。

東堂が花に触れる場面を想像しながら、淡いピンクの花弁をそっとつついた。

……いいなぁ。花になりたい。

そんな馬鹿げたことを考えてしまい、首を左右に振る。

今日も真正面からは見られなかったけど、このホテルの制服はフロントに入る際のスーツも、海軍服を模した純白のものも、やっぱり東堂が一番似合うと思う。

ただ、隣にいた男のことはろくに顔も見ていないから、尚紀がそう思い込んでいるだけかもしれないけれど。

「ああ……でも、後ろ姿だけで東堂さんだってわかるもんな。お客さんも、男女関係なくチラチラ見てたし」

過剰に華美な雰囲気を持っているわけではない。それなのに、東堂は自然と人の目を惹きつける特別なオーラを漂わせているのだ。

こう考えれば、やはり惚《ほ》れた欲目抜きでも東堂は極上の男だろう。同性の尚紀がこんなふうに思うのだから、女性の目にはもっと格好良く映るはずだ。

「すっごくモテるんだろうな。黙って立っているだけで、綺麗な女の人が選《よ》り取り見取りで……彼女とか、いるのが当然か」

選り取り見取りでも、彼ならいい加減なつき合いはしないはずだ。この人と心に決めた一人を、大切にする。

その人、いいなぁ……と。

無意識にため息をついたところで、ハッと自分の矛盾に気がつく。

「バカなコト考えたっ」

東堂には、なにも望まない。恋愛感情を抱いているからといって、どうにかなりたいわけではない。

そう最初からあきらめているつもりでいながら、なんとなく落胆した気分になる自分が恥ずかしかった。

「ダメだ。仕事中！　ベンジャミンが待ってる……」

頬を両手で叩き、深呼吸で気分を切り替えると、観葉植物の手入れ用具が入っているバスケットを手に取った。

ここが地下で……警備員も滅多に来ない、関係者用の駐車スペースなのは幸いだ。おかげで、一人百面相を誰にも見られなくて済んだ。

従業員用のエレベータに向かう尚紀は、必死で頭から東堂の姿を追い出して、自分を待っているベンジャミンに置き換えた。

そうしなければ、いつまで経っても胸の奥のざわつきが落ち着きそうになかった。

□□□

東洋ホテルでの作業を終えて『花風』に戻った尚紀は、店の裏側にある駐車場にワゴンを停めて車を降りた。

荷台に置きっぱなしにしているバスケットはそのままにして、フロントでの役目が終わった花束を抱える。

「ただいま帰りました」

店に入ると、作業台の隅でギフト用のフラワーアレンジメントを作っていた時田が顔を上げた。

「お帰り、羽山。今日は閉じ込められなかったか」

四月にエレベータに閉じ込められて以来、毎回のようにからかわれてしまう。

店に戻って説明をした時、あまりにも尚紀が挙動不審だったせいか、「……美人と一緒だったとか」と冗談っぽく言われたのだ。

適当に誤魔化《ごまか》せばよかったのに、「違いますよっ」と赤面して過剰に反応してしまったせいで、肯定と受け止められてしまった。

「ああ、美人と一緒に従業員用エレベータに閉じ込められたんだっけ」

紫陽花《あじさい》の入ったバケツを抱えて外に向かいかけていた坂江まで、わざわざ立ち止まってからかってくる。

ワイルド系の風貌《ふうぼう》で男っぽい時田と、いかにも女性に好まれそうな美形の坂江。印象は全然違うし、普段はものすごく仲がいいわけではないのに、尚紀をからかう時だけは不思議とこうして結託するのだ。

「坂江さんまでっ。今日は大丈夫でした。……そう何度も閉じ込められたくないですよ。電気も消えて、すっごく怖かったんですから」

尚紀が苦い表情をしたせいか、「そりゃ悪かったな」と時田が自分の頭を掻《か》き、坂江は「悪い悪い」と苦笑を滲ませた声で、おざなりに謝罪してくる。

今は謝っていながら、また次も同じようにからかうつもりだろう。毎回、こうして尚紀が相手をするせいで二人につつかれるのだ……と店長や他のスタッフには言われるけれど、無視できないのだから仕方がない。

「スイートピーとコデマリ、まだ綺麗だな」

すれ違いかけて足を止めた時田は、尚紀が抱えている花束を目に留めて、ふっと真顔になった。

「……久々に、アレンジメントを作るか？　スタッフルームに飾ればいい」

そう言いながら、作業台の上にあるオアシスを指差す。

東洋ホテルのフロントから引き取ってきた花はまだ綺麗で、このまま廃棄するのはもったいない。

新人の頃は、よくアレンジメントの練習に使わせてもらっていた。今は、スタッフルームの花瓶に生けたり自宅に持ち帰ったりしている。

「あ、やりたいです」

フロントに飾っていただけあってもとは豪華な花束だが、傷みが目立つ部分を廃棄して限られたものでバランスよく製作しなければならない。お客さんの要望を聞きながらアレンジメントを作るのとは少し違って、いい勉強になる。

「そうだな、テーマは……彼女のことでもイメージして作ってみろ。今彼女がいなければ、気になる女の子でもいいぞ」

「時田さん、僕をからかっていませんか……？」

ニヤリと笑いかけられて、尚紀は胡乱《うろん》な目つきで時田を見やった。

どうも時田は、最年少の尚紀を弟のようなポジションに据えているらしく、ことあるごとにこうして冗談交じりの言葉をかけてくる。それについては時田だけでなく、他のスタッフにも言えることだが。

店長は「可愛がられてんだろ」と言ってくれるし、自分でもそうかなと思うけれど、上手《うま》く切り返せない。そのせいで、ますます面白がられているような気もする。

「いいや？　俺は大真面目だ。それだけの気持ちを込めろ、ってことだよ。贈りたい相手のことをイメージしてやってみろ」

真面目だ、という言葉どおりに時田は真顔で作業台を指先で叩いた。唇を引き結んで時田と目を合わせた尚紀は、大きくうなずく。

「……わかりました」

作業台の隅に、まだ綺麗なスイートピーとコデマリの花束を置いた尚紀は、スッと息を吸い込んだ。

好き……という言葉で思い浮かぶのは、やはり東堂の姿だ。女の子ではないけれど、バカ正直に申告しなければ時田にはわからないだろう。

花束に手を伸ばして、根元近くを束ねていた紐を切る。

花を潰《つぶ》してしまわないよう丁寧にバラし、花弁が変色したものや萎《しお》れてしまったものを選《よ》り分けてまだ元気な茎を集めると、作業台の上で色と種類別に並べた。

白……と、ピンク、紫。

パステルカラーのスイートピーを、じっと見下ろした。

白いスイートピーばかりを選び、茎をバケツの水につけて斜めにはさみを入れる。これには、水あげのためとオアシスに挿しやすくするためと、二つの意味がある。

「……よし」

深呼吸をして、スイートピーを水から上げた。オアシスに一度挿すと、やり直しはできないので、どうしても緊張してしまう。

スッと息を吸い込み、目の前にある花たちに意識を集中させる。頭の中に完成形を思い描き、その理想に一歩でも近い配置になるよう花を挿していく。

こうして花と向かい合う時間は、何物にも替え難い。なにも考えられず、頭の中が真っ白になるほど気持ちいい。

時間の感覚もあやふやで、周囲の音は遠くなり……世界から隔絶されたような不思議な心地に漂う。

白を中心に……時折紫のものを交ぜる。コデマリは、バランスを見ながらスイートピーを包むように両サイドへ。

「……ふう」

最後の一本を中央に挿して全体の形を整えると、大きく息をついた。ダークブラウンの籠《かご》に、太いモスグリーンのリボンを飾る。

「へぇ……」

「えっっ？」

息を詰めるようにして集中していた尚紀の頭上から、時田の声が降ってくる。唐突な一言に驚いて、尚紀は呪縛《じゅばく》を解かれたようにハッと顔を上げた。

「おまえ三年目だっけ。そろそろ、ウインドウに飾るアレンジメントを任せてもいいか。もともとセンスはあるんだから、コンテストに出ないのがもったいない……って店長がぼやくのもわかるなぁ」

「時田さん」

作業しているあいだ、ずっとそこにいたのだろうか。

話しかけられるまで、自分のすぐ脇に時田が立って手元を覗き込んでいることに気がつかなかった。

「なんだ、その顔。トランス状態だったか？」

「い、いえ……」

言葉では否定したけれど、完全に自分の世界に入り込んでいたらしい。夢から覚めたような、奇妙な感覚に襲われる。

目をしばたたかせていると、時田がククッと肩を揺らした。

「ははは、豆鉄砲を食らった鳩《はと》。花と向かい合ったら意識を飛ばすのは、相変わらずだな。すげー集中力だ。普段とは別人のように凛々しい顔になるし」

鼻の辺りを指差しながら、顔つきが違うことを指摘される。

自分ではよくわからないのだが、花と向かい合う時は人が変わったようになる……らしい。

「って、普段の僕はどんな顔ですか？」

「よくいえば、おっとり。実際は……ただの天然ボケか？」

「はは……」

その『天然ボケ』は、……褒め言葉だと思っておこう。曖昧な笑みを浮かべた尚紀は、先ほどから気になっていたことを口にした。

「あの、時田さん。それより、へぇ……って？」

「いや、ずいぶんと……どう言えばいいかな。清潔というか、純なイメージの彼女なんだな。まぁ、羽山には似合ってるか」

ふっと笑みを浮かべながら言われて、一瞬で頬が熱くなった。

彼女ではないが、確かに尚紀は東堂に対して硬派で清潔という……凛々しいイメージを抱いている。

見事なまでに見透かされてしまい、バカ正直に表情に出してしまった。

「バランスはあと一歩って感じだが、おまえの一生懸命さはよく出ている。そういう意味で合格だな」

修業期間の長い『花風』では、最初の数ヶ月は掃除や片づけが中心で、ろくに花に触らせてもらえない。それだけに、花束を作らせてもらえるようになった時は嬉しかったし、こうして先輩である時田に褒めてもらえると喜びは大きい。

尚紀をからかう厄介《やっかい》な癖を持っている人だが、花に関する時田の腕は一流なのだ。その手が創《つく》り出す見事なアレンジメントは、見惚《みと》れるしかない。

自分が作ったアレンジメントの籠を見下ろして喜びを噛み締めていた尚紀だが、続けられた言葉に脱力してしまった。

「その籠……持って帰ってもいいぞ。彼女にプレゼントするか？　感激、って熱～いキスとかもらえるかもよ」

この人の腕がいいことは、認める。

それに、普通にしていたら男らしい精悍《せいかん》な顔立ちをしているのに……尚紀をからかう今は、タチの悪い笑みを浮かべている。

「スケベ笑い、やめてくださいよ。……このアレンジメント、電車の中で潰されたら可哀想なので、ここに置かせてもらってもいいですか？」

持って帰っても、殺風景なアパートに飾るだけだ。……イメージした本人にプレゼントなんて、できるわけがない。

「じゃあ……ウインドウの隅っこにでも飾るか。店長には俺から言っておく」

「えっ、いいんですか？」

隅とはいえ、ウインドウに飾ってくれるとは思ってもみなかった。

ウインドウは、ショップの顔だ。看板にも等しい。たいていは時田を始めとした先輩スタッフや店長が、華やかに飾りつけしている。

そんなところに自分のアレンジメントを加えてくれるなんて……嬉しいというより、恐れ多いという感情が先立つ。

「あの、ウインドウじゃなくてレジ脇でも」

「遠慮するな。せっかくなんだから、ウインドウで堂々としておけ。タイトルは、『羽山の純情』とでもしておくか？」

勝手に妙なタイトルをつけた時田を、そろりと見上げて抗議した。

「……やめてください、ね」

冗談だとわかっていても、シャレにならないだけに心臓に悪い。

時田は豪快に笑いながら尚紀の背中を叩き、アレンジメントの籠を手に持った。尚紀が変に恐縮しないように、わざと茶化《ちゃか》してくれた……のでは、ないだろう。

「なんだか、楽しそうですねぇ」

笑い声を聞きつけたのか、坂江がそう言いながら顔を覗かせた。その坂江に向かって、タチの悪い笑みを深くしたのだから。

しかも、

「これこれ、羽山作のアレンジメント。タイトルは『羽山の純情』だ」

尚紀が妙なネーミングを嫌がっているとわかっていて、わざわざそんなふうに言ってのける。

「時田さんっ。定着しちゃいそうだから、やめてくださいって」

坂江は、抗議の声を上げた尚紀にチラリと視線を向けて……眼鏡の奥で目を細めた。嫌な予感がする。

「へぇ。ポップ、作ってやろっか」

「う……坂江さんまで、そうやって僕で遊ぶんですから。やっぱり、持って帰ろうかな」

このままだと、本当に悪趣味なポップと共に飾られかねない。そんな危機感に背中を押されて、時田が持っているアレンジメントの籠に手を伸ばす。

「ああ、悪い悪い。冗談だって。……人混《ひとご》みで潰されるの、可哀想なんだろ。普通に飾ってやるから」

長身を活《い》かした時田は、尚紀の手が届かない位置まで持ち上げて苦笑を浮かべた。

悪い悪い、という軽い謝罪に誠意は感じられないが、これ以上尚紀をからかうのは止めたと目が語っている。

「なんだ、冗談か。リボンで、派手に飾ってやろうと思ってたのに。……いい出来だな。羽山らしい」

腕組みをした坂江は、本気でポップを作る気だったらしい。残念そうな口調で恐ろしいことをつぶやいて、ふと真顔になった。

……羽山らしい、か。

優しい笑みと共にそう言われてしまうと、ついさっきまでからかわれて憮然《ぶぜん》としていたことを忘れてしまいそうになる。

「コンテストに出さないの、もったいないよなぁ。ダメ元なんだからって思い切って、一回出してみろよ」

「坂江もそう思うだろ。次回は、エントリーしろよ」

尚紀自身を蚊帳《かや》の外に置いて、時田と坂江がうなずき合う。

尚紀は「はい」とも「いいえ」とも言えず、曖昧な笑みを浮かべる。

この二人には……無様な成績を取れば『花風』の看板に傷がつくかも、ということを言い訳にして逃げているのだと、見透かされているような気がした。

□□□

アレンジメントをショップに置いてきたのは、やはり正解だった。

ホームに立った尚紀は、目の前で減速した電車を眺めて小さく吐息をつく。

少し時間をずらすつもりだったのに、もたもたしていたせいで予定より帰宅が遅くなってしまった。

その結果、夕方の帰宅ラッシュに重なってしまい、見事なすし詰め状態だ。この中に埋もれるのだから、もしアレンジメントを抱えていたら……どんなに頑張って守ろうとしても、花はグシャグシャになってしまっただろう。

停車した電車の扉が開き、どっと人が吐き出される。

覚悟を決めて身体の前でバッグを抱えた尚紀は、四方八方からかかる圧力に奥歯を食い縛って車両の中ほどへ進んだ。

ここまで来れば、扉付近の混雑に比べると少しはマシだ。心なしか、空気の濃度も違うような気がする。

「……いっ」

正面に立っているスーツ姿の男性が脇に挟んでいるセカンドバッグの角が、ちょうど尚紀の肋骨《ろっこつ》に食い込んでくる。

痛いのと息苦しいのとで耐えられなくなり、周りから顰蹙《ひんしゅく》を買うのを覚悟して無理やり体勢を変えた。

なんとか収まりのいい場所を見つけて、安堵の息をつく。気を抜いた瞬間、カーブに差しかかった電車が大きく揺れた。

「……っ！」

身構えていなかったせいで、ふらりと背後の人に寄りかかってしまう。

広い背中の人だ……。

そういえば……春の浅い、三月。

こうして帰宅途中の電車内で、同じような広い背中の持ち主にもたれかかったことを思い出す。

あれが、尚紀が同性を意識していると思い至るきっかけとなったのだ。

あの時に気づいていなければ、東堂への思いが恋愛感情だなんて認められなかったかもしれない。

どんなに意識していても、違うと必死で否定して……。

ただ自分にとって、同性が恋愛対象となるのだと自覚することが、よかったのかどうかはわからない。

駅に近づいた電車が速度を落とし、ブレーキがかかったことでさらに強く身体が押しつけられる。

「ッ……」

奥歯を噛んで息を詰めた。姿の見えない誰かとピッタリ密着している背中に、全神経が集中しているみたいだ。

早くこの人から離れなければ……。

そう思うのに、いくつか駅に停まっても男が降りる気配はない。全く身動きが取れなかったわけではないが、心地よさに負けた。

周りにほんの少し空間ができたのをいいことに、身体の向きを変える。目の前にあるのは濃紺のジャケットに包まれた広い背中。

周囲からの圧力に負けたふりをして、そっと寄りかかる。

心の中で、ゴメンナサイ……とつぶやいて、こっそり額《ひたい》を押しつけた。

いい匂いが、ふわっと鼻先をくすぐる。

目を閉じれば、一人の男が思い浮かぶ。尚紀がよく知っている、あの背中と印象がピッタリと重なっていた。

埃一つついていない、真っ白な制服に包まれた大きな背中。いつも、ピンと背筋を伸ばしている凜々しい立ち姿。

東堂と、印象を重ねたこの人と。どちらにも悪いと思いながら、あの背中に密着している気分になる。

自分が、こうして見ず知らずの男に痴漢紛《まが》いの大胆なことができるなど、知らなかった。きっと、顔や身体全体が見えない上に、ろくに身動きも取れない状況だからできたことだ。

ドクドク……耳の奥で、猛スピードで脈打つ心臓の鼓動が響いている。

尚紀が身体を寄せている男は、ピクリとも動かない。まさか、背後にくっついている人間が故意に密着しているなどと疑ってもいないのだろう。

しかも、同性だなんて……。

やめなければ。変質者と同じではないか。頭ではそう思っているのに、あまりにも心地よくてこの背中から離れられない。

……どうせ、わざと密着されているなんて気づいていない。これくらい、満員電車なら普通の接触だ。

矛盾する二つの声が、頭の中で言い争っている。

やがて、尚紀の降りる駅が近づいてきた。

名残惜しいような、ホッとしたような……複雑な思いと共に密着していた男から離れて、ゴソゴソと扉に身体を向けた。

「ふ……っ」

深く吐き出した息が震える。

あの背中から離れると、取り返しのつかないことをしてしまったような、不可解な後悔が湧《わ》いてくる。

ゆっくりと電車が速度を落とし……周囲の人波に乗って、一歩足を踏み出そうとした瞬間だった。

「……っっ！」

驚愕《きょうがく》のあまり、尚紀は声も出せずに身体を強張らせた。

心臓が止まるかと思った……。

だって、背後から……長い腕が、尚紀の身体に絡みついている。

爽やかな柑橘系の香りが、かすかに漂ってきていた。コロン？　詳しくはわからないけれど、記憶のどこかに残っている香りだ。

胸元にある腕は、濃紺の生地に包まれている。この腕の主が、ついさっきまでもたれかかっていた背中の人物だと気づき、全身がひんやりとしたものに包まれる。

周りにいた人の体格を考えれば、これほど長い腕を持っているのはあの男だけだろう。尚紀がもたれかかっていたことが不快で、苦情を言うつもりだろうか。でも、そんなことでいちいち文句を言っていたら、満員電車になど乗れないに違いない。

そう、捕らえられている現状を必死で自分に都合よく解釈する。

まさか、痴漢行為を働いただろうと責められて……警察に突き出そうとしている？

この男が、なにを思って尚紀を捕らえているのかわからないのが怖くて、ただひたすら身体を強張らせるしかできない。

ホームに停まって扉が開いたら、思い切り身体をよじって逃げよう……。

そう決めた瞬間、尚紀の思考を読んだようなタイミングで絡みつく腕の力が増した。

「……意外と大胆ですね。羽山さん」

羽山さん……と。

静かに尚紀の名前を呼んだその声に、聞き覚えがあった。低くて、耳馴染みがよく……滑《かっ》舌《ぜつ》のいい声だ。

なにを言われているのか咄嗟《とっさ》に理解できなくて、頭の中が真っ白になる。

この声。まさか……。

頭に思い浮かびそうになった男の姿を、必死で掻き消す。そんなはずがない。ダメだ。そんなこと、あっていいわけがない。

「どうして黙っているんです？」

耳のすぐ傍《そば》で、わずかに責めるような響きの低い声が囁き、尚紀はぶるっと身体を震わせた。

間違いない。やっぱり東堂だ！

必死で否定していたものが、肯定されてしまう。全身から、スーッと血の気が引くのがわかった。

柑橘系の香りに覚えがあるのも当然で……以前、エレベータに閉じ込められた時に感じたものと同じだったのだ。

「あ……の」

どう答えればいいのだろう。

窓の外に視線を泳がせながら、言い訳を探す。意図的に密着していたのだと、絶対に気づかれてはいけない。

「す、すみません。踏ん張りきれなくて、体重を預けてしまって……。お、重かった、ですよね？」

もし、アレが東堂だとわかっていたら、絶対にもたれかかったりしなかった。

もっと必死で離れる努力をしたと思うし、身体の向きを変えて背中に密着するという愚行になど出なかった。

舌が強張ったようになっていて、うまく言葉にならない。東堂には、不自然な言い訳だと思われたのだろう。

「不可抗力、ですか？　私だと気づいていたのではなく？」

ほんの少し声のトーンを落として、そんなふうに聞き返してくる。

もう、ダメだ。これ以上の言い訳など、思いつかない。

「ぁ……」

電車の窓越しに、ホームが見えた。

……逃げよう……。

パニックに陥りかけた尚紀は、そう決めて扉が開くのを待った。早く、早く……と扉を睨みつける。

空気が抜けるような音に続き、ようやく扉が左右に開く……。

「すみません！」

「羽山さん……っ」

東堂の腕を振り払ってホームに飛び出したのに、なぜか東堂は追いかけてきた。大きな手に二の腕を掴まれて、ホームの真ん中付近で引き留められる。

顔を見る度胸はなく、足元に視線を落としたまましどろもどろに謝罪した。

「あ……っ！　あのっ、東堂さんだと、気づかなく……てっ。知らなかったんです。本当にごめんなさいっ」

自分でもなにを言っているのかわからないほどの混乱の中、何度も頭を下げた尚紀は必死で東堂の手を振り解《ほど》く。

ようやく摑まれていた二の腕が解放されて、東堂の前から踵《きびす》を返した。

「羽山さん……ちょっと、待ってください！」

そんな声が背中を追いかけてきたけれど、足を止めることはもちろん振り返ることもできなかった。

《三》

自己嫌悪のあまり、どうにかなりそうだった。

うまく言い訳もできず、子供みたいに逃げてしまった自分が憎い。後から考えれば、もう少し巧みに誤魔化《ごまか》せたのではないかと後悔ばかりが込み上げてくる。

東堂《とうどう》は、どう感じただろう……。満員電車の中で同性に密着して、痴漢行為を働く人間だと思われているかもしれない。

しかも不自然に逃げ出したのだから、自ら『不審者です』と認めたようなものだ。

鬱々《うつうつ》と考えていても、容赦なく時間は流れる。今週も、東洋《とうよう》ホテルへ出向く火曜日が来てしまった。

「羽山《はやま》、今週は和風か。いいな。花瓶は陶器でもいいが、それならガラスのものでも合いそうだ。おまえのセンスに任せるから、適当に裏から持って行け」

今週のフロント用の花は、濃い紫のアイリスと白い水仙を合わせた和風のものだ。時田《ときた》に話しかけられた尚紀《なおき》は、沈んだ表情のままうなずいた。

「時田さん……」

「うん？　なんか……おまえ、このところ元気がないなぁ」

東洋ホテルに行きたくないから、代わってくれないか……という弱音を吐いてしまおうかと思った。

でも、個人的な事情でワガママを言うことなどできず、喉《のど》のところまで出かかった言葉を飲み込む。

それに、東堂と顔を合わせることが決まったわけではない。今までの確率から考えても、逢《あ》わない可能性のほうが高いだろう。

「いえ……なんでもないです。大丈夫。行ってきます」

自分に大丈夫と言い聞かせて、無理やり笑顔を作った。

もし、バッタリと顔を合わせてしまい、なにか言われたら……今度こそ、もっとマシな言い逃れをしよう。

そう覚悟を決める。

「そうか？　具合が悪いなら、無理するなよ」

「はい。……丸いガラスのやつ、持って行きますね」

様々なサイズや色の花瓶を並べてある棚を思い浮かべて、ボールのように丸い磨《す》りガラスの花瓶を使うことにした。

「ん、そうだな。あれがいい。気をつけて」

満足そうに笑った時田にうなずき、車のキーを手に持った。

ワゴンの後ろに立った尚紀は、花束を荷台にあるスタンドに立てかけて運転席に乗り込むと、表情を引き締めた。

見ているだけでいい……と願ったはずなのに、心のどこかでは東堂に触れてみたかったのかもしれない。

不可抗力を言い訳にして、広い背中にもたれかかり……こっそり東堂を想像した。それどころか、額《ひたい》を押しつけて故意に身体《からだ》を寄せた。

戸惑いを滲《にじ》ませた東堂の低い声を思い出すと、胸がキリキリと痛くなる。

「変なヤツ……って思われたかな。それならまだいいけど、誰彼構わず痴漢行為に出るような人間だとか……」

赤信号でブレーキを踏みながら、独り言をつぶやいた。最後のほうは、絶望的な響きになる。

東堂はどうかわからないが、世の中には、同性に特別な目で見られるということに生理的な嫌悪を抱《いだ》く人もいるだろう。しかも、逃げられない状況を利用して卑怯《ひきょう》な触れ方をされたとなれば……不快に感じて当然だ。

停《と》まったエレベータの中で宥《なだ》めてくれたことや、チューリップを目にして小さな笑みを浮かべてくれたことを思い出す。

それらすべてを、自業自得でダメにしてしまったかもしれないと思うと、目の奥が痛くなってきた。

嫌悪を含んだ目で見られることを想像しただけで、胸の奥がひんやりと冷たくなる。

尚紀は通い慣れた地下の駐車場へ車を進入させながら、何度目かの小さなため息を落とした。


長身の制服姿が目の端に映るたびにドキドキしながら、ホテル内で仕事をこなす。

幸いフロントに東堂の姿はなく、手早く花を替えて客室フロアに上がった。

エレベータホールに置かれているベンジャミンの鉢に向かい、黄色に変色した葉を取ったり、霧吹きで湿気を与えたり……と、慣れた作業を繰り返しながら下の階へ降りていく。

このまま、東堂に逢うことなく終えられそうだな……。

そう安堵《あんど》した矢先だった。

「あ……」

エレベータの扉が開いた瞬間、目の前に立っていた東堂の姿に動揺した尚紀は、咄嗟《とっさ》に中で『閉』ボタンを押してしまった。

ところが、大きな手が閉じかけた扉をグッと摑《つか》み、左右に開けられてしまう。

東堂は、無表情で尚紀を見据えている。鋭い目だ。無視されるのと睨《にら》まれるのとでは、どちらがマシなのだろう。

「…………」

尚紀は、東堂の視線から逃れるように顔を伏せて、声も出せずにジリ……と後ずさりをした。

次に東堂と話す機会があれば、もう少し巧みな言い訳で誤魔化そう。そんな決意など、東堂の顔を見た瞬間にどこかへ行ってしまった。

ただ、ここから逃げたいとばかり願う。でも、今尚紀がいるのは狭いエレベータ内だ。逃げるところなどない。

東堂と向かい合っているだけで、息苦しい。これ以上、傍《そば》にいられない。

「失礼、します」

「ちょ……、羽山さんっ？」

目を合わせることなく、うつむき加減で東堂の脇《わき》をすり抜けてエレベータから飛び出そうとした。けれど、ギリギリのところで長い腕に引き留められてしまう。

東堂に抱えられているような体勢のまま、硬直する。

「どうして逃げるんですか？」

「……っ」

頭上から落ちてくる、落ち着いた声が怖い。そちらこそ、どうして引き留めるのだと言い返すこともできない。

変態と責められたなら、無理やりでも言い訳をするのに。

東堂は、電車内でのことに触れようとしない。なにを考えているのか、尚紀を拘束するように腕の中へ抱き込んでいる。

尚紀からはなにも言えず、身体を硬くして東堂が解放してくれるのを待った。

「羽山さん、無視はないでしょう」

少し……声に苛立《いらだ》ちの色が混じっている。

あなたこそ、どういうつもりですか……と。尋ねるべきだと頭では考えているのに、言葉にならない。

いい歳して、自分で招いた事態を収めることもできないなんて……情けない。

「……すみません」

泣きたいほど頼りない気分になり、消え入りそうな声でつぶやいた尚紀は、東堂の腕から逃れようと身体をよじった。

誰もエレベータを呼んでいないのか、停まったままのエレベータの『開』ボタンに手を伸ばす。

もう少しで、指先が届く……と思った瞬間。

「ぁ……っ！」

その腕を摑まれて、東堂のほうへと強く引き寄せられた。

驚きに顔を上げると、目が合う。東堂は、かすかに眉《まゆ》を寄せ……端整な顔に不快感を滲ませていた。

不愉快だと隠そうともしないそんな表情を目にして、ズキンと胸の奥が鈍い痛みを訴えた。

「ご、め……」

再び謝ろうとしたところで、東堂の手が尚紀の頭を両側から摑んだ。

あまりにも険しい表情に、殴られるかもしれないと覚悟して身体を硬くした。けれど、東堂が前触れもなくそんな野蛮な行動に出るわけがない。

言葉もなく、端整な顔が寄せられて……。

「や、っめ……！」

唇に東堂の吐息を感じた瞬間、ビクッと全身を震わせた。咄嗟に腕を突っ張って、大きな身体を押し退《の》ける。

「な……に」

声が喉に引っかかって、思うように出てこない。頭の中は真っ白になっているのに、心臓の鼓動だけはどんどん激しさを増していった。

見上げた東堂の顔は冷静そのもので……まだ、怒りの表情を見せられたほうがよかったかもしれない。

尚紀はぎこちなく視線を逸《そ》らし、震えそうになる手で口元を覆《おお》った。

今、東堂はなにをしようとした？

「なんで、こんな……っ」

みっともなくかすれる声を取り繕うこともできず、それだけつぶやいてエレベータの『開』ボタンを押す。

もうダメだ。思考が回らない。なにから、どう考えればいいのかも……わからないことばかりだ。

恐慌状態に陥《おちい》って焦《あせ》るばかりの尚紀をよそに、東堂は相変わらず落ち着いた低い声でなにかを言いかけた。

「なんでって、電車の……」

電車の中で……？

東堂は、なにを言おうとしているのか。

「不快にさせたのでしたら、何度でも謝りますからっ。すみません。ごめんなさい！」

続きを聞くのが怖くて、無理やり言葉を遮《さえぎ》る。

この前と同じ、子供のような謝罪を残してエレベータから走り出る。焦るあまりもつれそ

うになる足を無理やり動かして、なんとか前に運んだ。

非常用の階段を使い、一気に地下駐車場へと駆け下りる。摑まれていた腕も、東堂の吐息がかすめた唇も……身体中が熱い。

「っ……、は……ぁ、はっ……」

ワゴン車のドアに手をつき、ゼイゼイと荒い息を繰り返した。全力で階段を駆け下りたせいか、膝《ひざ》がガクガクと震えている。

「ふ……っ、ぅ……」

右手を上げて、手の甲でゴシゴシと唇を拭《ぬぐ》った。

……最悪だ。

なによりも、あんな……意味があるとは思えないささやかな接触を、心のどこかで喜んでいる自分が。

からかわれた？

それとも、電車内で密着されたことがどれだけ不快だったか、暗に尚紀に思い知らせようとした？

東堂があんなふうに触れてきた理由など、推測することもできない。

でも自分はこの先も、唇をかすめたかどうか……という東堂の体温を、きっと何度も浅ましく反芻《はんすう》するのだろう。

一人で、自己嫌悪と消えてしまいたいほどの恥ずかしさと、それらをはるかに凌《しの》ぐ悦《よろこ》びを噛《か》み締めるのだ。

容易に想像がつく自分の姿が、滑稽《こっけい》で。目の前は白く霞《かす》んでいるのに……なぜか笑いたくなった。

□ □ □

「あの……それ、ガーベラですよね。私、ヒメヒマワリでお願いしたと思うんですが」

小さなブーケを作り、仕上げのリボンを巻いていた尚紀は、遠慮がちな女性の声にビクッと手を止めた。

確かに、ヒメヒマワリという注文だった。ぼんやりとして、隣のバケツにあったガーベラでブーケを作るなんて……信じられない。

黄色いガーベラは一見ヒメヒマワリと同じ色合いをしているけれど、まったく違う種類の花だ。

「あ……っ、申し訳ありません。すぐ作り直します。少しだけお待ちいただいてもよろしいでしょうか？」

「……いいわ、それで。ガーベラも可愛《かわい》いし。おいくらですか？」

チラリと腕時計を覗《のぞ》いた女性は、急いでいるのだろう。それでいい……と言って、バッグから財布を取り出した。

「すみません……。では、千円ちょうどをお願いします」

本当は、三倍の値段だ。けれど、差額はお詫《わ》びの意味で尚紀が負担することにして、千円だけ受け取った。

「本当に申し訳ございません。ありがとうございました」

ブーケを手にしてショップを出て行く女性に、深く頭を下げる。頭を戻すと同時に、背中の真ん中を軽く叩《たた》かれた。

「羽山」

時田に視線でスタッフルームを指されて、小さくうなずく。店内にいる他のスタッフが、あーあ……とでも言いたそうな目で尚紀を見ていた。

「すみませんでした」

スタッフルームのドアが閉まると同時に、尚紀は頭を下げた。

とんでもない失態だ。

「余計なことを考えながら、仕事をしていただろう。入ったばかりの新人バイトでも、ガーベラとヒメヒマワリは間違えないぞ。まして、おまえがやるようなミスじゃないな。……深刻な悩みか？」

頭ごなしの叱責《しっせき》ではなく、心配してくれているのが伝わってきて、尚更申し訳ない気分になる。

「いえ……ぼんやりとしていただけです。気をつけます」

足元に視線を落とした尚紀は、グッと両手を握り締めて唇を噛んだ。

店長より長い時間を店で過ごす時田は、スタッフがどこを担当するかという仕事の割り振りも担っている。今、この場で東洋ホテルの担当を辞めたい……と訴えれば、受け入れてくれるだろうか。

そんなことを考えたけれど、逃げようとする自分が嫌で口にすることはできなかった。

自業自得の結果から逃げるため、誰かになんとかしてもらおうとするなんて、今の状況よりもっと最悪だ。

唇を噛んでうな垂れる尚紀になにを思ったのか、時田は小さな吐息をついた。

「おまえ、大人《おとな》しいくせに頑固だからなぁ。あっさり、助けてくれなんて言わないか。ただ……俺じゃ大して頼りにならんかもしれないが、なにかあったら全力で手助けするぞ。おまえを見捨てるってことはしないからな。きっと、店長も……な」

「はい。ありがとうございます。……今日は役立たずだと思いますから、掃除と裏方に専念します」

自分が情けないのと、心配してもらえる嬉《うれ》しさと……いろいろな感情が複雑に交錯して、声が詰まった。

無言で尚紀の背中を叩いた時田が、一足早くスタッフルームを出て行く。

どうしたらいいのだろう。

火曜日にホテルで東堂の前から逃げ出したあと、何度も考えた。

なにより、無視してくれればいいのに……東堂が尚紀を呼び止めたり、ああして変に追いつめようとしたりする理由がわからない。

よほど、電車の中で男に密着されたことが嫌だったのだろうか。

……普通の感覚の男なら、当然か。

「顔も見たくないくらい嫌だとか、気持ち悪いから寄るな……って言ってくれたら、振り切ることができるのになぁ」

つぶやいた気弱な言葉は、本音だった。

ハッキリと嫌われてしまったら、可能な限り東堂の視界に入らないようにして……二度と目を合わせたりもしない。

もちろん、その時はどん底まで落ち込むと思うが、逆に落ちるところまで落ちてしまえば後は浮上することができるのではないだろうか。

東堂に、しつこく執着するつもりはない。一切のかかわりを絶って……時間が経《た》てば、いずれ忘れられるはずだ。

それなのに、今の東堂は無視することを許してくれない。でも、ああして尚紀を引き寄せようとする理由もわからない。

蛇の生殺しという言葉は、こういう時に使うものだろう。

壁にかかったカレンダーを目にして、憂鬱《ゆううつ》なため息をついた。明日には、また東洋ホテルへ行かなければならない。

今度こそ、東堂と逢いませんように……。

そう、消極的に願うことしかできなかった。

こうして、東堂から逃げて……逃げ続けて、どうする気なのか。今はまだ、具体的に考えられない。

あの電車内でのコトが、時間の経過によって帳消しになるわけではないと、わかっているけれど。

《四》

少し前までは、東洋ホテルでの仕事が楽しくてたまらなかった。

フロントに飾る季節の花を、少しでも多くのお客さんに見てもらいたい。季節を感じてくれたら嬉しい。エレベータホールに設置してある観葉植物によって、通りかかる人に清涼感や安らぎを与えることができたら幸せだ。

そんなふうに思いながら大きな花瓶を抱え、グリーンの手入れをしていた。

東堂の存在を知ってからは、白い制服に包まれてスッと綺麗《きれい》に伸びた背中を遠くから眺めるのが楽しくて、チラリと見かけるだけでなんともいえない幸福感をもらえた。

初めは確かに、見ているだけで満足していたはずなのに……あの時、バカな衝動に抗《あらが》えなかった自分が悪いことはわかっている。

「はぁ……。いつまでも、こんなふうにサボってたらダメだよな」

地下の駐車場へ車を停めて、もう二十分も迷っている。フロントの花を替える火曜日に比べたら、東堂とバッタリ逢う確率は低いはずだ。

「よしっ」

覚悟を決めた尚紀は、観葉植物のメンテナンス用品が入ったバスケットを手にして車を出ると、重い足取りで従業員用のエレベータへ向かった。

そう頻繁に、逢うわけがない。……逢いませんように。

必死に自分へ言い聞かせながら、最上階の二十階でエレベータを降りる。

ベンジャミンの土部分の湿度を確認して、弱った葉を摘み取り……顔を上げることなく、一心不乱に仕事をこなす。

エレベータの扉が開くたびに、東堂が乗っているのでは……と身構えるせいで、すべてのベンジャミンのメンテナンスが終わる頃には異様に疲れてしまった。

それでも、東堂とバッタリ顔を合わせてしまわなかったことに安心して、少しだけ気分が軽くなる。

「あとは、ロビー……か」

地下駐車場でエレベータを降り、大きく息をついた。

ホテルの正面玄関を入ってすぐ、ロビーの隅にある観葉植物の状態を確認しなければならない。霧吹きで水分を与えて葉に付着した埃《ほこり》を取り除き、元気がなければ栄養剤のアンプルを鉢の隅に挿す。

ロビーという人通りの多い場所にあるものだから、一番東堂と鉢合わせする確率が高いといってもメンテナンスを疎《おろそ》かにするわけにはいかない。

いつまで、こんなふうに東堂から逃げ回るつもりなのか。

自分に問いかけても、答えは返ってこない。時間が経てばうやむやになってくれるかもしれないと、ズルイことを考えてしまう。

「こんなんじゃダメだな」

グッとバスケットの持ち手を握り直して、ロビーへ上がるための階段に足を向けた。できる限り目立たないよう、床に敷き詰められた絨毯《じゅうたん》の一部にでもなったつもりで……そう自分に言い聞かせて、ロビーに出る。

静かな地下駐車場とは違い、ロビーには適度なざわめきがあった。決して騒々しいのではなく、活気がある……という表現が一番近いかもしれない。

東洋ホテルは海外での評価も高いらしく、多国籍のお客さんでいっぱいだ。煌《きら》びやかに着飾った外国人女性に従う形で、数人のお供らしき男性が大きな荷物を運んでいく。その箱や紙袋には、尚紀でも知っている高級ブランドのロゴが躍っていた。

世界的な不況だと頻繁に耳にするけれど、格式高いホテルを利用する客層には無関係な話なのかもしれないとさえ思う光景だ。

尚紀など、羨望《せんぼう》の目を向けることさえない。映画のスクリーンの中などの、非現実的な世界を見ているみたいな感覚だ。なにより、煌びやかな世界に身を置くよりもこうして花たちと接しているほうが楽しい。

背の高いパキラの脇に隠れるようにして一通りの作業を終えると、立ち上がって全体を眺める。

「大丈夫そうだな」

少しだけくすんでいた葉が、鮮やかな緑を取り戻していることを確認して、終わった……と小さく息をついた。

道具の入ったバスケットを拾い上げ、駐車場に戻ろうと踵《きびす》を返したところで、不意に脇から声をかけられた。

「Excuse me」

「は、はいっっ？」

外国語だっ。たぶん英語、ということだけはわかっても聞き取ることができない。

直立不動で硬直している尚紀に、立派なヒゲを蓄えた長身の外国人男性は矢継ぎ早に話しかけてくる。

自慢できることではないが、尚紀の英会話力は高校の授業中に習ったところでストップしている。それも、日常的に使うことなどないので大部分を忘れていて、下手《へた》したら中学生レベルだ。

英語はまったくわかりません、ごめんなさい……と口を挟む隙《すき》さえなくて、無様に視線を泳がせた。

きっと、今の尚紀は泣きそうな表情になっている。

誰か、助けて……と目を回しそうになったところで、尚紀に話しかけていた男性の視線が逸れた。

「Sorry for interrupting. What's the matter?」

「あ……」

白い制服に包まれた長身が、スッと自然に尚紀と男性のあいだに入ってくる。その人物が流暢《りゅうちょう》な英語で話しかけると、外国人男性はホッとしたような笑みを浮かべた。

……東堂。

斜め後ろからでは顔がハッキリ見えなくても、この長身の正体が尚紀にわからないわけがない。シワも汚れもない真っ白な制服に包まれた背中を、先ほどまでとは違う意味で泣きそうな気分になりながら見詰めた。

東堂は、いつから見ていたのだろう。尚紀では対処できないと判断して、あいだに入ってくれたに違いない。

恥ずかしさと情けなさと、必死になって避け続けていたのに、なにもこんな場面で鉢合わせしなくても……という恨みがましい気分が入り混じり、わけがわからなくなる。

東堂は朗《ほが》らかに会話を交わしながら、男性をどこかに誘導し始めた。突っ立っている尚紀から二人が五メートルほど離れたところで、ハッと我に返る。

「ッ、戻ろう」

尚紀はグッとバスケットを握ると、大股《おおまた》でロビーを横切った。

心臓が……バクバクしている。東堂の後ろ姿が、何度振り払っても目の前をチラついて消えてくれない。

ホテル……しかも格式高い東洋ホテルに勤めるには、英語が話せるというのは必須条件だろう。英語だけでなく、複数の外国語を操ることができるはずだ。

想像はついていたけれど、実際に接客している姿を目の当《ま》たりにしたことで、改めて東堂が『極上』に分類される男なのだと実感する。まったく臆《おく》することなく、堂々と会話を交わしていた……。

日常的に、『上流』の人種と接している。男女問わず、誘いかけられることもあるかもしれない。

そんな人の目に、自分はどんなふうに映っているのだろう……と思えば、消えてなくなりたくなる。

「ッ……はぁ、っ」

息せき切って駐車場に駆け込み、急《せ》いた気分のままワゴン車の後部ハッチを開けた。はさみや霧吹き、栄養剤のアンプルが入ったバスケットを投げるように荷台に置く。

一分、一秒でも早く、車を出そう。

仕事中の東堂が自分を追いかけてくることなどないとわかっているけれど、ここに長くいたくない。

運転席に乗り込むために振り返ろうとした瞬間、後ろから挟むような形で長い腕が伸びてきて身体を囲まれた。

「え……っ」

驚いて身体の向きを変えると、視界いっぱいに白いものがある。

「……やっと捕まえました。どうして、逃げるんです？」

苦いものを含んだ低い声が、頭上から落ちてくる。

それが、東堂の声で……目の前を塞《ふさ》ぐ白いものが、東洋ホテルの制服だと悟った瞬間、尚紀は全身を硬直させた。

どうして……という疑問で、頭の中が埋め尽くされる。

「このところ、ずっと私を避けていましたよね？」

後ろをブロックされているのなら、前へ。

深く考えることなくそう思いつき、尚紀はワゴンの後部荷台に這《は》い上がろうとした。

ところが、難なく東堂の腕に引き戻される。

「逃げないでくださいっ」

「なん、で……」

東堂の顔を見ることはできず、呆然《ぼうぜん》とつぶやいた尚紀は、自分の手首を掴む大きな手に視線を泳がせた。

「なぜ？　……最初に、羽山さんが触れてきたんでしょう？　こうして逃げて……焦《じ》らすのも作戦？」

焦らす、とか……作戦という言葉の意味がわからなくて、口を開くことができない。

東堂が不機嫌なのは伝わってくるけれど、尚紀は混乱するばかりだ。

「見ず知らずの人間だと思っていましたか？　仕事のかかわりがある人間だと知り、気まずくなって……なかったことにしようと？」

なにを言われているのか、本当にわからない。ただ、東堂がなにやら憤《いきどお》っているらしい……ということだけは確かだ。

反応の鈍い尚紀に焦れたのか、東堂の纏《まと》う空気がますます険しいものになる。

「誰でもいいのでしたら、私を拒否する理由はないのでは？」

「……ッ！」

冷たい声でそう言うと、ワゴンの荷台に尚紀の身体を押しつけるようにして東堂が覆いかぶさってきた。

体格の違いは歴然としていて……混乱した状態の尚紀が少々もがいたところで、東堂はビクともしない。

「な、んですか。放してください……っ」

身体を硬くして見上げると、東堂は尚紀を観察するような……感情の窺《うかが》えない目で見ている。

尚紀の知っている東堂とは、別人のようで……怖いのに、こんなふうに追いつめられても心臓がドキドキとしてしまう。

それがわかっていて、東堂は蔑《さげす》んでいるのではないだろうか。

尚紀は呆然と目を見開いて、東堂の肩越しに見えるワゴンの天井を凝視した。身体中、どこにも力が入らない。

目の前が、白く霞む……。

「え……羽山さん……？」

尚紀の様子がおかしいことに気づいたのか、東堂の声に戸惑いが滲む。

ジッと見下ろされている。情けない表情を見られたくないのに、腕を上げて顔を隠すこともできない。

「なにをやっているんですか？」

車の陰から中年の男性の声が響き、尚紀はビクッと肩を震わせた。遠ざかっていた現実が、唐突に押し寄せてくる。

コツコツと、誰かの足音が近づいてくる。

押しつけられていた荷台から慌てて身体を起こし、くしゃくしゃになっていた黒いエプロンを引っ張った。

「……あれ、花屋さんと社員さん……？」

顔を覗かせたのは、警備員の制服に身を包んだ男性だった。

変に揉《も》めていたと思われると面倒なので、尚紀はぎこちなく頭を下げた。

「ハッチをずっと上げていたから、なにかあったのかと思ったんですが……」

「いいえ、なにも。こちらの方には、荷降ろしを手伝ってもらっていたんです。ご心配をおかけしました。……ありがとうございました」

困惑した声で、なにかあったのかと問うてきた警備員に、尚紀は自分でも驚くほどすらすらと誤魔化しを口にした。

声が震えていたかもしれないけれど、話しながらさり気なく東堂から身体を離す。

「それじゃ……僕はこれで失礼します」

第三者がいれば、東堂もどうにもできないだろう。逃げるなら今だ。

そう思った尚紀は、開けていたハッチを素早く閉めて警備員と東堂に頭を下げた。

「羽山さんっ、あの……」

呼び止める声を無視して運転席へと乗り込み、エンジンを始動させる。チラッとバックミラーに目を向けると、東堂と警備員がなにか話しているのがわかった。

不自然にならないよう、急加速するのではなく慎重に車を発進させて出口に向かった。アクセルの上に乗せた右足が、小刻みに震えている。ふと視線を落とすと、ハンドルを握る手も……。

薄暗い地下駐車場から陽《ひ》の光が降り注ぐ地上に出た瞬間、目の前が真っ白になった。まぶしくて目が痛い……というのを言い訳に、手の甲で濡《ぬ》れた目元を拭う。

……もう、限界だ。

時田に謝り倒して、東洋ホテルの担当を誰かに交代してもらおう。

睨むように前方を見据えながら、震える唇をきつく噛んでそう決めた。

□　□　□

「帰ってきた、羽山くんっ」

「……な、なに？」

『花風《かふう》』に戻った尚紀は、店内に足を踏み入れると同時に同僚の女性に腕を摑まれて、目を瞠《みは》った。

なにがあったのかわからないが、店内が騒然としている。

「お願い。配達行ってきて！」

「いいけど……どうかした？」

鬼気迫る勢いで詰め寄られてしまい、迫力負けした尚紀は、直前までどんより沈んでいたことも忘れてコクコクとうなずく。

「発注受けていたの、店長が忘れてたのよ。さっき、確認の電話がかかってきて……六時から披露宴っ！　お花と時田さん乗せて、成都《せいと》ホテルまで行って！」

店内にいるお客さんに聞かれないよう、小声の早口で彼女が口にした言葉に、心底ギョッとした。

店長はいい人だが、たまにこの手のうっかりミスをやらかすのだ。しかも、そんな時に限って本人が不在だったりする。

今日も、午後からフラワーアレンジメントの講師としてカルチャーセンターへと出ているはずだ。

「……待って。六時って、今日のっ？」

「そう。今日のっ」

彼女は血の気《け》の引いた顔でコクコクとうなずき、尚紀の問いを肯定する。慌てて店の時計を見上げると、すでに三時半を過ぎていた。

を入れた。

「嘘《うそ》だろ」

コクンと喉を鳴らし、呆然とつぶやく。クラリと目眩《めまい》に襲われそうになり、慌てて足に力を入れた。

「嘘でこんなコト言えないわよ！」

現実感が乏しいせいで反応が鈍いのだが、そんな尚紀の様子は彼女の目にもどかしく映るらしい。切迫した声を上げられる。

今すぐここを出て……うまく渋滞に巻き込まれなかったとしても、成都ホテルまでは高速道路を使って四十分はかかる。

しかも、ただの配達ではないのだ。

披露宴会場のセッティングともなれば、間に合わないなどということが許されるわけがない。新郎新婦にとって、一生の思い出になる大切な場だ。

「羽山くんが帰ってくるまでに、超特急でブーケとテーブルセッティング用の籠《かご》のベースは作ったから。大仕事は、高砂《たかさご》のテーブル！　お願いねっ。はい、これ車に積んで！」

「わ、わかった」

積み上げられた籠を手渡されて、駐車場へと戻る。彼女は花嫁用のブーケがのったスタンドを両手で抱え、そろそろと運んできた。

現在ショップにいるのは、二人のアルバイトを入れて六人。坂江《さかえ》が外出しているので、披露宴用の高砂を飾るフラワーアレンジメントという大仕事ができるのは時田しかいない。ついでに、ここにいる中で車を運転できるのは尚紀だけだ。

三、四人で行けばそれなりに間に合いそうだが、店にアルバイトばかりを残すわけにはいかない。

状況的に、尚紀と時田が出向くべき……ということになったのだろう。

幸いなのは、あまり規模の大きな披露宴ではない……ということくらいだろうか。大急ぎでワゴンに積み込んだテーブルセッティング用の籠は、十個そこそこだ。

ただ、これに尚紀と時田の二人で花を飾る、しかも時田には高砂という大仕事が待っているとなると……。

無言で、一つあたりにどれだけの時間をかけられるのか計算していると、時田が店の奥から走り出てきた。いつもの飄々《ひょうひょう》とした顔ではない。鬼気迫る、という表現がピッタリの雰囲気だ。

「羽山！　ボケッと突っ立ってんな！　車、早く出せっ」

「は、はい」

強く背中を叩いてきた時田は、その手で尚紀を運転席に押しやると、ワゴンの荷台に清楚《せいそ》な白を中心にした花が入ったバケツを積み込んで助手席に飛び乗った。

そうだ。唖然《あぜん》としている余裕などない。一刻も早く、成都ホテルに向かわなければ。

「シートベルト、してくださいねっ」

ようやく思考が現実に追いついた尚紀も、慌てて運転席のドアを開ける。片手でシートベルトを引き出しながら、エンジンを始動させた。

《五》

……戦場だ。

華やかな飾りつけが施されて、新郎新婦を待っているこの場にふさわしい表現ではないということは重々承知だけれど、それ以外に言い表しようがない。

「羽山！　まず、ゲストテーブルのセッティング！」

「はいっっ」

高砂に向かう時田の背中を見送り、尚紀は純白のテーブルクロスがかけられた丸いゲストテーブルの脇に立った。

セロファンとリボンで飾りつけられた籠をテーブルの隅に置き、色とりどりのミニバラやグリーンをオアシスに挿していく。彩りと全体のバランスを計算しながら、手を動かし続けた。

「あの、お手伝いしましょうか」

「ありがとうございますっ。大丈夫です！」

あまりにもバタバタしているせいか、おずおずと申し出てくれたホテルスタッフの女性には申し訳ないけれど、素人《しろうと》さんにお願いするわけにはいかない。

失礼な態度だとわかっていながら、尚紀は顔を上げることもなく答えて作業を続けた。

一つ、二つ……これまで、これほどの猛スピードでアレンジメントを作ったことはない。周囲の音も耳に入らないほど集中して、ただ目の前にある籠と花とに向き合った。

最後の一つを作り終えた瞬間、一気に音の洪水が襲ってくる。

「あ……」

額に滲み出た汗を手の甲で拭い、周囲を見回した。

中心に花籠が置かれたテーブルには、着々とゲストを迎えるためのセッティングが施されている。

白いプレート、ゲストカード、ピカピカに磨かれたカトラリー……すべてがホテルスタッフの手によって効率よく並べられていた。

はー……と深く息をついたのと同時に、時田の声が飛んでくる。

「羽山！　テーブルが終わったのならこっち手伝え！」

「はい！」

答えながらビクッと身体を震わせると、慌てて身体の向きを変えた。高砂にいる時田は、ギュッと眉を寄せてテーブルの前面を飾りつけている。

「正面から見てくれ。バランスがおかしいところがあれば、俺に声をかけなくていいから修正しろ」

「……わかりました」

時田の作ったものに勝手に手を入れていいと言われて戸惑ったけれど、今は『でも』などと答えている場合ではない。

尚紀は表情を引き締めて、高砂全体を目にすることのできる位置に立った。

……白と淡いピンクのバラを中心として、濃いグリーンがアクセントになっている。それらが絶妙のバランスで飾られていた。

ただ、あの白バラが、ほんの少し高いだろうか。二センチか、三センチくらい下げればいいかも。

時田に声をかけようとしたけれど、真剣な横顔を目にすると話しかけて集中を途切れさせるのに躊躇《ためら》う。

さっきの言葉は、声をかけなくていいというより……邪魔するな、という意味合いのほうが強いだろう。

「ん」

コクンとうなずいて表情を引き締めた尚紀は、はさみを手にして白バラを一本抜いた。茎を少しだけ切り詰めて、可能な限りさっきと同じ位置になるようオアシスに挿し直す。

数ヶ所そうして手を入れたところで、背中を屈《かが》めていた時田が上半身を起こした。

「おい、今何時だっっ？」

そういえば、そろそろタイムリミットではないだろうか。我に返った尚紀は、パッと左腕を上げて腕時計を確認する。

「十七時、四十五分です！　もう時間ですよね」

「あ、ええ。今、チャペルでお式を……そろそろゲストさん方が出てこられるかと」

近くにいたホテルスタッフに確認すると、式の終盤だと返ってくる。なんとか、セッティングが間に合った……ようだが、まだホッとするのには早い。

床に葉っぱの一枚でも落ちていたら、大変だ。

「あのっ、清掃、一緒にさせてください」

他のスタッフたちが屈み込んでいる姿を目にして、そう申し出る。

きっときちんと清掃していたのに、尚紀たちがバタバタとしたせいで二度手間になってしまったのだ。

「ありがとうございます。お願いします」

気が急いているのか、早口で申し出を受けてくれたスタッフに大きくうなずく。

尚紀はセッティングに使った道具をまとめて廊下に放《ほう》り出しておいて、小さな花弁の一つも見落とさないよう床の絨毯に目を凝らした。

□□□

なんとか無事に披露宴会場のセッティングを終えた尚紀と時田は、グッタリとしつつ成都ホテルを出て『花風』への帰路についた。

すでに日が落ちて、暗くなっている。幹線道路は混《こ》み合い、赤いテールランプがズラリと連なっていた。

「本当に、間に合ったんですよね」

どうも現実感が乏しくて、尚紀は前方を見据えたままポツリとつぶやいた。

飾り終えたのが、披露宴の始まる十五分前だなんて……こんなに切羽詰まったのは初めてだ。

「ああ。そのようだな」

時田も似たような心境なのか、気の抜けた声で返してくる。普段は滅多なことで動じない時田が、こうして燃え尽きたような状態になるのは珍しい。それだけ、切羽詰まっていたという証拠だ。

しかし、人間というものは極限状態に追い込まれたらどうにかなるものらしい。これも、一種の『火事場の馬鹿力』と言われているものだろうか。

「店長には、特別ボーナスをもらおう……。その権利はあるはずだ」

「……そうですね」

力なく口にした時田の言葉に、尚紀も同意する。

金曜の午後六時という一般的ではない日時ということもあり、店長はうっかりしていたのだろう。

花に関するセンスや腕はよくても、社会人としてとんでもない失態だ。

帰り際にチラリと見かけた新郎新婦は、尚紀とそう変わらない年の二人だった。平日だったので、会社の終業時間に合わせて遅い時間に披露宴を設定したらしい。

披露宴に使うホールが休日は空《あ》きがなかったからしいが、それほど急いでいたのは、何かしら思い入れがあったに違いない。

店長の傍《はた》迷惑な『うっかり』のせいで、危うく台なしにするところだった。

「一杯引っかけたいなぁ……」

ふー……と大きく息をついた時田を、横目で見やる。

週末の夕方ということもあり、道路は車でいっぱいだった。のろのろと進むことしかできない。

「オヤジな発言ですよ。だいたい、一杯で終わるんですか？　僕は明日遅番なのでおつき合いしても構いませんが、時田さんは早番ですよね」

「あー……そうだった。飲んだくれるのは次の休みまで我慢するか」

時田は、仕方ない……とつぶやいてシートにもたれかかる。

前を走る車のテールランプを眺めていた尚紀は、バタバタとしていたせいで東洋ホテルの担当交代をお願いするタイミングを逃していた……ということを思い出した。

店に戻ると、他の店員がいる。こうして車内に二人きりの今が、言い出すチャンスではないだろうか。

何度も、唇を開きかけては躊躇い……どう言い出せばいいのか探る。

「あの……時田さん」

やっと小さな声で呼びかけたけれど、しばらく待っても助手席に座る時田から返事はなかった。

「……時田さん？」

赤信号で車を停めて助手席を窺い見ると、時田は腕を組んだままシートにもたれかかり……微動だにしない。

これはもしかして、眠っているのだろうか。張り詰めていた緊張の糸が、切れてしまったのかもしれない。

眉間《みけん》にしわを寄せて難しい顔で眠っている時田を、わざわざ起こすのも忍びなくて、結局またタイミングを逃してしまう。

ふっと小さく嘆息して正面に顔を戻した尚紀は、次に東洋ホテルへ行く火曜日までにはなんとかしよう……と、もう一度息をついた。


渋滞に巻き込まれたせいで、『花風』に戻って駐車場に車を停めたのは、七時半を過ぎた頃だった。

「ただいま戻りました〜」

「無事帰還したぞ！」

時田と二人で空《から》になったバケツやはさみなどの入ったバスケットを抱えて、よろよろと店のガラス扉を開ける。

「二人とも、お帰りなさい！」

携帯電話で間に合ったという報告をしていたせいか、残っていた店員たちに拍手で出迎えられた。

「……お疲れ、羽山。なんか、大変なことになってたって？　よしよし、バケツを持ってやろう」

坂江が尚紀の手からバケツを取り上げて、バンバンと背中を叩いてくる。珍しく、からかいを含んだ態度ではない。

賑《にぎ》やかに盛り上がるスタッフたちの隅に店長の姿を見つけ、つい頬《ほお》が引き攣《つ》った。

尚紀と目が合ったせいか、店長は表情を緩ませて「お帰り」と声をかけてくる。

「いやぁ、本当にすまない。時田と羽山のおかげで、助かったよ。優秀なスタッフがいてくれてよかった」

笑って誤魔化そうとする店長に、時田と尚紀は顔を見合わせた。

……あの、寿命が縮むような修羅場を知らないから、笑えるのだ。尊敬する人物だが、今はこの能天気な笑顔が憎たらしい。

尚紀がそう考えたのとほぼ同時に、時田が口を開く。

「今日のアレンジメント教室は、麻布《あざぶ》でしたか？　美人な若奥様に囲まれて……ずいぶんと楽しかったようですね」

「いや……まぁ、ね。あ、二人とも、今日はもう上がっていいよ。今月の給料に、ちょっぴり色をつけておくからさ。うん。本当に優秀なスタッフたちで幸せだ」

表情を強張《こわば》らせたままの時田と尚紀に、さすがに気まずくなったのか、店長は一人でうんうんとなにやら納得しながら背中を向けた。

「……のん気な熊め……」

大きなため息をついた時田が、店長に聞こえないよう小声でつぶやいた。巨大なテディベアのぬいぐるみを思い浮かべて、うっかり噴き出してしまう。

「ま、いいや。主《あるじ》が帰っていいって言ってんだから、今日は上がるか」

「ですね」

小さく笑ってうなずき、帰り支度をしようと時田と並んでスタッフルームに向かいかけたけれど、

「あ……そうだ。もう一件、配達があるんだけど……」

そんな同僚の声に、ピタリと足を止めた。

ショップの入り口脇のスタンドに、白いバラを基調にした豪華な花束があるのは気づいていた。

店長が作ったのだろう。たまに恐ろしくズボラなところはあるけれど、花に関するセンスはさすがだ。

「おいおい、また羽山に配達させるのか……？」

「あ……僕ならいいですけど」

時田が苦言を呈してくれたけれど、大丈夫だと唇を綻《ほころ》ばせる。

配達は苦痛ではない。花束を受け取った瞬間の、受取人の嬉しそうな笑顔を見るのは大好きだ。

たいていの人が、愛想笑いではない『思わず』といった笑みを零《こぼ》す。

「……あの熊に行ってもらえよ」

こっそりとつぶやかれた時田の言葉に、苦笑を浮かべた。時田は基本的にさっぱりとした気性なのだが、さすがに今回は根に持っているらしい。

「あのね、その花の配達先、東洋ホテルなのよ。羽山くんの担当ホテルだから、ちょうどいいなー……って店長が。配達して、直帰しちゃえばいいんじゃない？　タクシー使っちゃえ」

「東洋ホテル……」

もう行きたくない、と思っていたホテルの名前を聞かされて、思わず復唱した。運命のイタズラだとしたら、尚紀にとっては最悪のタイミングだ。

「だってさ。羽山、いいか？」

「……はい」

振り向いた時田に、ぎこちない笑みを見せる。一度いいと言ったのだから、今更「やっぱり嫌です」と覆《くつがえ》す言い訳は思いつかなかった。

□□□

直帰するので、いつもの社用車は使えない。

店長の許しを得て『花風』からタクシーに乗り、東洋ホテルへ向かう。膝に乗せている花束を眺めて、感嘆の吐息をついた。

一見シンプルな花束のようだが、バラだけで三種類以上を使っている。純白ではなく、淡いバニラ色のやさしい色合いのものも交じっていて、ほのかなバラの芳香と共に贈り主の相手に対する想《おも》いが薫《かお》ってくるみたいだ。

ホワイトレースフラワー、カスミソウという引き立て役に混在している、可憐《かれん》な白いスズランの花が可愛かった。

「東洋ホテル、着きましたよ」

「ありがとうございます」

ホテルのポーチ部分で料金を払ってタクシーを降りると、喉がカラカラに渇くほどの緊張を感じながらホテルのロビーへ入る。

いつもは地下にある従業員用の出入り口を使うので、こうして正面から入ったのは初めてかもしれない。

通勤用のカジュアルなジーンズとシャツ、使い込んだバッグを肩にかけた格好で足を踏み入れるには、かなり勇気がいる空間だ。

特に今は、人目を惹《ひ》く豪華な花束を抱えている。

ロビーに居合わせた人の視線が集まってきて、一応『花風』のエプロンをつけてきて正解だったと吐息をついた。

仕事なら誇れるのに、プライベートで花束を抱えていると思われるのは、なんとなくいたたまれない。

しかも尚紀は、場違いとしか言いようのない風体だろうから、不審そうな目で見られて当然だ。

その上、万が一東堂に逢ってしまったら……と思うと、怖くて顔を上げて歩くことができなかった。

コソコソする理由などないはずなのに、どうしても身を縮ませてしまう。

「あ……東洋ホテルの、どこだ？　フロントに預けたらいいかな」

磨かれた大理石の床を少し歩いたところで、東洋ホテルとだけ聞いたけれど、どこへ持って行けばいいのか……配達先どころか、発注主の名前さえ知らされていないことに気がついた。

東洋ホテルだということに気を取られて確認しそこねてしまった……と思いつつ、フロントに近づく。ここでわからなければ、店に電話をしよう。

フロントに東堂の姿がないことは、遠目で確認済みだ。

「あ、『花風』さんですね」

「……はい」

尚紀が声をかけるより早く、フロントの中にいたスタッフが話しかけてくる。

何度か顔を合わせているスタッフだから、抱えた花束でエプロンが隠れていても尚紀をわかってくれたのだろう。なにより今は、その花束自体が派手な目印になっている。

「お花、二十階の二〇〇五号室のお客様に届けていただけますか？」

手元にメモかなにかがあるのか、フロントスタッフは一瞬だけ視線を落としてそっと微笑した。

「わかりました……」

ホテルのスタッフが運ぶのではなく、尚紀が持って行くということに少しだけ疑問を感じたけれど、それ以上深く考えることなく指し示されたエレベータへ向かう。

従業員用ではなく、シックな紺色のカーペットが敷かれたゲスト用エレベータも初めて乗った。物珍しくて、ついきょろきょろとしてしまう。

「……ちょっと、格好悪いかも……」

ふと我に返った尚紀は、自分の庶民具合をしみじみと痛感して居住まいを正した。

無事に花束を届けて帰るまで、東堂に逢いませんように……。

それだけを祈りながら、二十階に着いたエレベータから降りる。

いつも手入れしているベンジャミンに出迎えられて、少しくすぐったい気分になった。お客さんの視点でここに置かれたグリーンを目にするのは初めてだ。

深緑の葉を見ているうちに、思わず緊張させていた肩から、余分な力が抜ける。

「……ご苦労さま」

周りに人がいないのを確認してから、小さな葉を茂らせたベンジャミンに声をかける。

壁に打ちつけられた案内プレートで、目的の部屋がエレベータホールの左側にあることを確かめて、廊下を曲がった。

配達先に指定された部屋へと辿《たど》りつき、足を止める。

ダークブラウンの扉に取りつけられた真鍮《しんちゅう》のプレートに、『二〇〇五』という数字が刻まれていることを確認してドアベルを押した。

さほど待たされることなく、中から扉が開く。

「ありがとうございます。お待たせしました『花風』です。ご注文いただきましたお花を、お届けに参りました」

腰を折りながら挨拶《あいさつ》をして、ゆっくり頭を戻す。

正面に立っている長身の男の顔を目にした途端、尚紀はグッと息を詰まらせた。

どうして……？

見慣れたホテルの制服ではなく、スーツを身に纏った東堂がそこにいる理由がわからなくて、声が出ない。

「……っ」

抱えていた花束を落としてしまいそうになり……慌てて持ち直した。

花を包んでいるセロファンが、クシャ……と乾いた音を立てたことで、自分の仕事を思い出す。

「お待たせ……しました」

廊下やロビーでバッタリ逢ってしまうことは警戒していたけれど、客室にいるとは考えもしていなかった。

花束を差し出す手が、取り繕うこともできないほど震えてしまう。

早く、受け取ってほしい……。こうして東堂の前に立っているだけで、拷問を受けているような気分になる。

「中に……飾ってくれませんか」

東堂の視線を避けるように、自然とうつむき加減になる尚紀の頭上から降ってきたのは、いつもと変わらない落ち着いた声だった。

一人で動揺している尚紀を、冷静に観察しているような……淡々とした態度だ。

意識しているのはおまえだけだと、嘲笑《ちょうしょう》されているみたいだった。

動揺の気配を微塵《みじん》も感じさせない東堂は、尚紀が配達に来ると予想していたのだろうか。

この、痛々しいほど清楚な花束は、誰のためのものだろう……。

贈る相手が室内にいるかもしれないと思っただけで、勝手にショックを受けて胸の奥が鈍い痛みで疼《うず》いている。

相手を、自分に見せつける気か……などと、自虐的な想像が先走った。

「……は、い」

できるものなら、東堂に花束を押しつけて逃げ出してしまいたい。

ほんの半日前、東堂になにをされて……どんな醜態をさらしたのか思い出すと、キリキリと心臓が痛くなる。

でも、花束を抱えている限り、尚紀は『花風』のスタッフだ。花を飾れというのがお客さんの要望なら、無視することはできない。

重く感じる足をなんとか進めて、広々とした室内に入った。

ベッドルームは別にあるのか、部屋のほぼ中央に座り心地のよさそうなソファセットが置かれている。

背後で扉が閉まり……オートロックのかかる音が、やけに大きく聞こえた。

どこに飾ればいいのだろう。

「あの……」

早くこの場から逃げたいという一心で、尚紀はうつむけていた顔を上げた。見慣れた白い制服でもフロント用のスーツでもなく、ダークグレーのスーツを身につけた東堂はなんだか知らない男みたいで……。

こんな状況にもかかわらず、無節操に高鳴る自分の心臓が憎い。思い切って目を合わせた東堂は、どことなく硬い表情をしていた。

躊躇うような仕草の後、東堂が唇を開きかけて……尚紀は視線を逸らした。この期《ご》に及んでと思うけれど、東堂の端整な顔が嫌悪に歪《ゆが》むのは見たくない。

「……申し訳ありませんでした」

スッと息を吸い込む音に続いて、歯切れのいい言葉が尚紀の耳に飛び込んでくる。目の前に、背筋を伸ばして腰を折った東堂の頭があった。

「な……に……？」

数時間前とは、別人のようだ。

予想外の東堂の態度に混乱して、花束を抱えたままジリッと後ずさりをした。

「俺は、なにか……すごい誤解をしていたみたいです。電車で寄り添ってくるから、大人しそうな見かけに反してずいぶんと大胆な人なんだな……と思っていました。でも、エレベータに閉じ込められた時に話してみて、人違いか……身体を寄せられたのは俺の勘違いかと思い直していたんです。なのに、その後でまたくっついてきたでしょう？　奥手そうに見せるのも、わざと逃げて追わせるのも作戦なのかな……と一人で思い込みまして。なのに羽山さんは、俺だとわかっていたのではないと、動揺しましたよね。誰でもよかったのかと、そう考えたら頭に血が上って……。昼間は、ずいぶんと強引なことをしてしまいました」

一気に捲《まく》し立てられた東堂の言葉に、尚紀は目を白黒させる。

ホテルの制服を着ていない……プライベートだからか、自分を『俺』と言う東堂にも、戸惑った。

いろんなことを急に聞かされても、意味が頭に入ってこない。それに……さらりと重要なことを言われなかったか？

「東堂さん、僕が電車の中でもたれかかったのは、一回だけ……」

今の東堂の話では、尚紀が複数回すり寄っていたみたいだ。満員電車の中で意図せず密着してしまうのはままあることで、尚紀にとって『特別』なのは、理想的な背中の持ち主だと相手を認識した二回だけだ。

一回は東堂。もう一回は……。

「違います。……三月の初め頃だったかな。やけに背中が重いので目を向けると、こう……無防備に羽山さんがもたれかかってきていて……ついそのまま背中を貸してしまいました。羽山さんだと気づいたのは後になってからですが、ホテルで顔を合わせた時は、すごく大人しくて……印象の違いに驚きましたよ」

「まさか……」

あの日のことは、忘れようにも強烈に記憶に焼きついている。

理想の背中を持った男へと、引き寄せられるようにもたれかかってしまい、自分の性指向に気づかされたのだ。

それが、東堂本人だった？

あまりにもできすぎの偶然に啞然としている尚紀の様子に気づかないらしく、東堂は頭を下げたままぽつぽつと言葉を続ける。

「もともと俺にとって、フロントに飾られている花と、定期的なメンテナンスに来られる『花屋さん』は特別だったんです。お客さまの無茶な要求に弱音を吐きそうになった時、優しい花に何度も慰められました。感情は極力抑えるよう教育されてきたのに、ああして頭に血が上ったのは初めてでした。羽山さんは、いろんな意味で特別で……一番シンプルな言葉で言わせていただくと、あなたが好きなんです」

最後の一言が耳に飛び込んできた瞬間、ビクッと花束を持った手が震える。

今……とんでもないことを言われなかったか？　と、自分の耳を疑う。

「……嘘でしょう。東堂さんが……そんな……」

頭の中が真っ白だ。震えそうな声で、「絶対に嘘だ」ともう一度繰り返す。

信じられない。この人が、自分なんかに好きだ、なんて。

「本当です。……好きという言葉に『嘘だ』なんて返されると、少し淋《さみ》しいですね。あんな暴挙に出た男の言葉になど、誠意を感じられないのかもしれませんが」

「あ、だって……信じられない……」

顔を上げた東堂と、正面から視線が合う。

いつもは冷静沈着で、お客さんを前にした時以外ほとんど変わることのない、硬質な表情をしていて……。

それが今は、少しだけ困ったような顔で目元を薄《うっす》らと紅潮させている。

憎たらしいほど大人びていると思っていた東堂が、年相応の青年に見えてくるから不思議だ。

「告白から、やり直します」

「ぁ……」

腕に力が入らず、ほとんど支えているだけの状態だった花束を東堂が手にする。

ダークな色のスーツに、白を基調にした花束は、計算していたのかと思いたくなるほど映えていた。

「あなたが好きです。……受け取ってくれませんか」

尚紀が強く抱えたせいで、透明のセロファンはクシャクシャになっているし……やわらかな深紅のリボンはくたびれている。

けれど尚紀には、今まで目にしたことのあるどんな花束よりも、東堂の手にある花束が綺麗に見えた。

「……ずるい。僕が言ったこと、覚えていたんでしょう？　花を抱えた男性の告白を、応援したくなる……って」

どう答えればいいのか思いつかなくて、小さな声でずるいと責めながら……東堂の腕ごと花束を抱えた。

泣き笑いのような、奇妙な表情になってしまったかもしれない。

「羽山さん……」

優しい声で名前を呼ばれて、鼻の奥が痛くなった。

最初は、広い背中を見ているだけで幸せだった。欲張ってしまったから、嫌われたと思って……。

今の展開は、まるで都合のいい夢を見ているみたいだ。

「僕は、男なのに……いいんですか？」

「そのままの言葉を返します。昼間も、実は電車の中でも……密着したことで、かなりヤバかったです」

東堂の告白に、カーッと首から上が熱くなる。

駐車場に停めてあったワゴンの荷台に押しつけられた時のことを、生々しく思い出してし

まった。

ドクンドクンと、胸元から響く心臓の動悸《どうき》が激しくなる。

浅ましい表情をしているかもしれないと思えば、怖くて。バラの花に顔を埋《うず》めて、東堂の視線から逃れた。

「羽山さん……？　あの、嫌ですか？」

それが避ける態度に見えたのか、遠慮がちな声で言った東堂は指に尚紀の髪を絡ませて軽く引き、顔を上げるよう促してくる。

尚紀は羞恥《しゅうち》のあまり顔を隠したかっただけで、嫌がっていると誤解されるのは困る。

「い、嫌なわけないっ。僕も、電車の中で東堂さんにもたれかかりながら……背中に抱きつきたいとか、考えてて……。抱き締められたら気持ちいいかな……とか。そんなふうに思ったのも、寄りかかったのも……東堂さんだけです。誰でもいいわけ、ない。だから、好きにしてください」

変に間を空けると、なにも言えなくなってしまいそうで。

東堂が驚いた顔をしているのはわかっていたけれど、一気に本音を吐き出す。

東堂は、小さく嘆息して唇を開いた。

「いえ、その……キスをしたいな、と思っただけですが」

最初は困惑気味だったが、語尾はかすかに笑いを含んだ声が返ってきた。

ということは、今のは……尚紀が勝手に先走って、自分を好きにしろと迫ったことになるのだろうか。

そう気づいた途端、これ以上赤くならないと思っていた頬が更に温度を上げる。燃えるように熱くなった。

「っ……。わっ、忘れてください！　ぅ〜……透明人間になりたい……」

消えてしまいたいと願っても、当然どうにもならない。

あまりの恥ずかしさに、なにを口走っているのかわからなくなってきた。

「それは、俺が困ります。……透明人間になられたら見ることができませんし、どこを触っているのか、わからないでしょう？」

「あ……ッ、ゃ……そん……な」

東堂の手にうなじを撫《な》でられただけで、ビクッと肩を震わせた。手から力が抜けて、二人のあいだにあった花束がバサリと床に落ちる。

「花が……」

「……すみません」

思わずつぶやくと、東堂が屈んで花束を拾い、ソファセットのテーブルに置いた。

花を大切にしてくれている。

そう思うと、ますます東堂への愛《いと》しさが募った。

「……俺は急ぎません。今日のところは、これで帰りますか？」

平静を取り戻した顔でそう尋ねられて、尚紀は悔しさに目元を鋭くした。

触れたくて……触れられたくて、ジリジリしているのは尚紀だけなのだろうか。

「……嫌だ……」

視線を、テーブルに置かれた花に落とした。

意図せず頼りない声でつぶやいた瞬間、強い力で抱き寄せられる。

おずおずと腕を上げた尚紀は、焦がれ続けた背中にそっと手を回して瞳を閉じた。

《六》

「ぁ……、あの、東堂さ……んっ」

抱えられるようにして寝室に移り、大きなベッドに身体を押しつけられる。

東堂は、妙に手際よく尚紀が着ていたシャツのボタンを外し……素肌に手を這わせてくる。

そうしながら自分が着ていた上着を脱ぎ捨て、ネクタイを解《ほど》いた。

「はい？」

言葉を交わすあいだも、東堂の手の動きは止まらない。

「な……んか、慣れてます……？」

迷いながら尋ねると、東堂は拍子抜けしたような顔で尚紀を見下ろした。

「まぁ……この歳ですので、それなりには」

「…………」

サラリと口にした東堂に、返す言葉を失ってしまった。

まさか自分が、『この歳』になって未経験だと……言えるわけがない。

「あ、そ……んな、待っ……」

呆《ぼう》けていると、器用な東堂の手はあっという間に尚紀の上半身を剝《む》き出しにして……下へと伸びてくる。

心の準備もなく、スルスルと服を脱がされると、どうしていいのかわからない。

「たとえ今……待ったとしても、最後は脱がせます。……羽山さん、もしかして……」

「な、なんですかっ？」

ぎこちない態度で、経験がないと悟られてしまったのだろうか。

いまさら東堂相手に、年上の威厳を振りかざせるとは思っていない。でも、押されっ放しというのもなんだか悔しい。

「……いえ」

少し思案する表情を浮かべた東堂は、結局それ以上なにも言わずに唇を寄せてきた。

やわらかな唇が触れ、舌が……唇の隙間から潜り込んでくる。

「ん……っ」

思わず瞬間的に肩を竦《すく》ませてしまったけれど、怯《ひる》んだことを誤魔化したくて、そろりと白いシャツに包まれた東堂の背中に手を回した。薄いシャツ越しに、東堂の体温が伝わってくる。

「……大事にします……」

唇を離した東堂は、妙に真面目《まじめ》な顔でそれだけつぶやき、再び口づけを落とした。

「っ……ン……ン……ふっ」

遠慮のなくなった舌が、口腔《こうこう》の粘膜をくすぐる。少しでも反応した場所は、執拗《しつよう》に熱い舌先で辿り……尚紀は何度も身体を震わせた。

特別なことをされているとは思えない。ただ、丁寧なキスをされているだけなのに……甘い痺《しび》れが全身を駆け巡る。

大事にする、という言葉が欺瞞《ぎまん》でないと、実践しているみたいだ。

「あ、ぁ……っ！」

ジーンズのフロントを開放して潜り込んできた手に、ビクッと下肢を跳ねさせてしまう。拒絶を封じるように尚紀の唇を塞いだまま、東堂の指が屹立《きつりつ》へ絡みついてきた。

じわっと快楽がそこから広がり、吐き出す息が熱を帯びる。

自分で触れた時に生まれる心地よさとは、次元の違うものだと思うほど……東堂の指は強烈な刺激だった。

「う……ン、ぁ……ぁ」

尚紀は未知の快楽に惑い、夢中で東堂の背中にしがみつく。

密着すると、東堂の身体も熱くなっているとわかる。それにつられるように、これまでに増して淫《みだ》らな熱が上がる。

「や、も……っ、東……どっ」

「出しちゃうと後がつらいと思うので、もう少し……我慢してください」

「っ……でも……、ぁ……ッ」

もう少し……というところでスッと東堂の手が引かれ、思わず引き止める声が漏れてしまう。

乱されていたジーンズと下着を纏めて足から抜き取られたけれど、もう抗う気力は残っていなかった。

ベッドの上で膝立ちになった東堂が、なにやらゴソゴソとしていたかと思えば、着ていたものを脱ぎ捨てて……あたたかい素肌が重なってきた。

「すみません、脚を…………そう」

「あ……、でも……」

東堂の手に誘導されて、膝を割り開かれる。

そのあいだに東堂の身体を挟む形になり、あまりにも無防備な体勢に尚紀は全身を桃色に染めた。

「抗議は……後で、すべて甘んじて受け止めます」

深く息をつき、そうつぶやいた東堂に不穏なものを感じて、尚紀は身体を起こしかけた。

少しだけ背中を浮かせた直後、再びベッドへ沈んでしまう。

「……ぁ！　ツぃ……な、に……っっ」

開かれた脚の奥に東堂の指が触れたと思うと同時に、今まで一度も体験したことのない感覚に襲われ、目を見開いた。

「暴れないでくださいっ。無茶はしませんから。ゆっくり、息を吐いて……」

東堂の言葉に合わせて息を吐き出すと、身体の奥にある異物感をはっきりと感じた。

……あの、東堂の長い指が入って……る。

「あっ！　……ぁ、ぁ……」

なにがどうなっているのか悟った尚紀は、ゾクゾクと背筋を震わせた。不快なのではなく、逆の意味で……。

軽く指先を動かされるだけで、身体の奥から甘いなにかがせり上がってくるみたいだった。

「大丈夫そう……ですか」

尚紀の様子を窺うように、一度引いた指を根元まで埋められる。ビクッと喉を反らし、震える唇を開いた。

「い……い、気持ち、い……っから」

「……ッ、すみません……」

挿入されていた指が引き抜かれ、腰の下にベッドの隅にあったクッションを敷き込まれる。

痛いほどの力で膝の裏側を掴み、東堂が身体を重ねてきた。

「ア……、っぅ……ぁ！」

苦痛というより、狭い粘膜を割り開く質量に息苦しくなる。

熱くて……硬くて、尚紀を圧倒的な存在感で支配しようとしている……。

「羽……山、さん。息、詰めたらダメです……」

「で……もっ、っふ……ぁ！」

重なり合った下腹に大きな手が潜り込んできて、屹立を手の中に包む。

尚紀の意識がそこに逸れると、これ以上は無理……と思っていたものが更に深くまで突き入れられる。

「は……っ、ぁ……ぁ、あ……、ゃ……あんまり、揺す……った、ら……」

「どうなりそうですか？　ここ……もう、どろどろになってますけど」

「ゃ、……言う、な……ッあ！」

吐息の合間に、東堂の低い声が熱っぽく囁《ささや》く。

手を動かされるたびに聞こえてくる濡れた音より、その声にざわざわと肌が粟立《あわだ》ち、背中を反らした。

「も……ダメ……っ。ゃ！　……ゃ、だっ。出ちゃ……い、そ……」

きつく目を閉じて、東堂の肩を摑む。

それくらいで制止できるわけもなく、ベッドの上を滑るほど激しく身体を揺さぶられて、涙混じりの声を上げた。

「あ……、ぁ……や……っ！」

尚紀が身体を強張らせるのと同時に、東堂が息を詰めて動きを止める。

張り詰めていたピアノ線がプツンと切れたように、全身から力が抜けた。

「つは……ぁ、ッ……ふ」

忙《せわ》しなく息をつく尚紀の頭の脇に腕をついて、東堂も熱っぽい息を吐く。

密着した身体が、熱い……。

重い腕を上げて汗で湿った背中を抱くと、ツンと鼻の奥が痛くなった。

こんなふうに東堂の体温を感じる日がくるなんて、想像したこともなかった。

「大丈夫、ですか？」

尚紀の顔を覗き込んだ東堂が、目尻《めじり》に唇を押しつけてくる。

その顔は、もう平静そのもので……ついさっきまで、あんなにいやらしいことをしていた男だと思えない。

「平気です……」

尚紀だけが、どっぷりと余韻に浸《つ》かっているみたいだ。

なんだか、硬質な雰囲気を纏う東堂の、意外な一面を見た気がした。

ベッドの中での姿もギャップに驚いたけれど、こんな……ホテルのスイートルームを取って、花束を差し出しながら告白をするイメージではなかったのに。

「……この、部屋……東堂さんが取って、僕が花束を配達したの、フロントの人は知っていますよね。……変に思われているんじゃ……」

ふと、そんな疑問が頭に浮かんで焦った。

なにより、自分の勤務するホテルの……こんな部屋を取るなんて、大胆なことをする。しかも新人なのに、悪目立《わる》ちしてしまったのではないだろうか。

余計な心配まで込み上げてきて動揺する尚紀に、東堂は飄々と答えた。

「ああ……それは、大丈夫です。名前を隠して部屋を取りましたので。……内密にしていますが、このホテルは俺の祖父の持ち物なんです。いずれ継ぐ日のために、いろいろな部署を経験しているところでして……」

「……はぁ……継ぐ」

あまりにもさらりと言われたせいで、間抜けなリアクションになってしまった。

言われてみれば、なんとなく……納得できるような。

東堂の持つ年齢以上の落ち着きや、鷹揚《おうよう》という表現がピッタリの少し浮世離れした雰囲気は、お坊ちゃん育ち故かもしれない。

「毎週火曜日、羽山さんが花を抱えている姿を見るのが好きなんです。花を見る目が優しくて、楽しそうで……」

「僕は、東堂さんの制服姿が好きです。背筋がスッと伸びて、綺麗なんです」

「……制服姿だけ、ですか？」

かすかな不満の滲む声に、あれ……？　と思った。そういえば、自分は東堂にきちんと気持ちを伝えていないかもしれない。

「東堂さんが……好きです」

改めて『好き』と告げるのが恥ずかしくて、東堂から顔を背ける。言われたほうの東堂も、なんだか落ち着かない様子だった。

「あ……ありがとうございます」

「って、お礼を言われるようなことでは」

今更ながら、気恥ずかしさでいっぱいになる。

尚紀が、花を抱えている姿が好き……と言ってくれた。花……。

「あっ！」

小さく声を上げて、ベッドに上半身を起こす。

立ち上がりかけ……腰から下に力が入らないせいでグラリと傾いた身体を、東堂の腕に抱き留められた。

「どうしました？」

「花……テーブルに置きっ放しだから、水に浸けてあげないと……」

自分のことに精いっぱいで、忘れていた。花たちに申し訳ない。

「……立てないんじゃないですか？　連れて行ってあげます」

「すみません……」

ベッドから降りた東堂が、バスローブを持ってきて着せかけてくれる。

当たり前のように抱き上げられたことは恥ずかしかったけれど、花のためと思えば拒むことはできない。

緊張のあまり身体を硬くする尚紀に、東堂が小さくつぶやいた。

「……花より好きになってくれとは、言えないですね……」

「えっと、その……」

次元の違う『好き』だけれど、どちらかを選べと迫られたら即答できない。どちらも好き、という答えはズルいだろうか。

結局、尚紀はなにも言えず……そっと東堂の肩に頭をもたせかけた。

いつか咲くはず

「九月も末だってのに、今年はまだ暑いなぁ」

ぼやいた時田《ときた》が、首にかけているタオルで額の汗を拭《ぬぐ》った。白い七部袖《そで》のシャツは、無造作に肘《ひじ》の上まで捲《まく》り上げている。

腕組みをして眺めるのは、生花市場から納入されてきたばかりの箱の山だ。店の奥に積み上げられたこれらを、これからスタッフ総出で開封する。

尚紀《なおき》は、半透明の結束バンドをはさみで切って取り除きながら口を開いた。

「あ、でも花は着実に秋のものに切り替わってますよ。こっちはススキで……菊と、トルコ桔梗《ぎきょう》にコスモス」

ハウス栽培など技術の発達で、時候に関係なく四季の花が手に入る時代だ。でも、こうして時季に則した草花を目にすると、季節の移り変わりが実感できる。ススキやコスモスは、地方に行けば河川敷や空き地などに自生しているかもしれないが、現代の都心ではなかなか目にすることのないものだと思う。

そのせいか、この季節には需要が高い。茶道教室や商業施設からの注文が、いくつか来ていた。

「そういや小学生の頃、通学路に生えてた彼岸花《ひがんばな》をなにも考えずに摘んで持って帰って、ばあちゃんに怒られたな」

手近にあった箱を開けた坂江《さかえ》が、中から真っ赤な彼岸花を取り出しながら苦笑する。

確かに……彼岸花は鮮やかな赤い花を咲かせるので、子供などはつい手を伸ばしたくなるだろう。

でも、あれは有毒植物なのだ。それに墓地に群生していることが多いせいか、地方によっては家に持ち帰ると火事になるという迷信もあるせいか、縁起がよくないと言って嫌うお年寄りは少なくない。

「僕も……旅行で東北に行った時、ハイキング中の山で自生していたトリカブトに手を出して父親を青褪《あおざ》めさせたことがあります。小学校に入ってすぐだったかな。知らないって、無敵ですよね」

「恐ろしーよなぁ」

尚紀の言葉に頰《ほお》を引き攣《つ》らせた坂江は、うんうんと大きくうなずく。

咲き誇る花は綺麗でも、茎に鋭いトゲがあったり根に毒があったりするものも多いで、植物は侮《あなど》れない。

「羽山《はやま》、時間は大丈夫か？　それこそ恐ろしいコトになるぞ」

時田が店の壁にある時計を指差して、「現実として恐ろしいんじゃないか？」と意地の悪い笑みを浮かべる。

慌てて目を向けると、大きな壁掛け時計の針は、十二時半になろうかというところを差していた。

「あ！　急ぎますっ。ええと、これを出して伝票と照らし合わせて確認……で、東洋ホテルさんの花束を」

一気に焦燥感が込み上げてきて、うろうろと視線を泳がせた。

今日は、東洋ホテルに出向く日だ。それも、フロントに置いてある花束を交換しなくてはならない。

これから花を選んで花束を作り、時田たち先輩に最終チェックをしてもらって東洋ホテルに出向かなければ。

それぞれの作業に要する時間と、ホテルでの仕事を終えなければならない時間を思い浮かべて逆算したら、ギリギリになりそうだ。

のんびりとしている余裕はない。

「伝票はこっちでやっておく。せっかくなんだから、東洋ホテルさんの花はここから選んで作ればいい」

「は、はい。ありがとうございます」

尚紀がわかりやすく狼狽《ろうばい》したせいか、時田はクックッと肩を揺らして「落ち着けよ」と背中を叩《たた》いてきた。

「あー、ずるいんだ。時田さんってば、また羽山を甘やかして」

やり取りを傍観していた坂江が、尚紀の肩に腕をかけながら割り込んでくる。長身の坂江にとって、尚紀の肩はちょうどいい高さにある『肘置き』なのだろう。

親しみを込めた仕草だとわかっているけれど、小柄だと再認識させられる体勢だ。複雑な気分になる。

それでも、尚紀には坂江の腕を振り払うということはできなくて、遠慮がちにさり気なく身体《からだ》を引いた。

「あの……作業に取りかかっていいですか？」

「ああ、すまんすまん。っと、お客さんだ。時田さん、ここお願いします」

入り口の扉を開けて女性が入ってきたのを目にすると、坂江はにこやかな表情で言い残して踵を返した。

接客用の笑みを浮かべて「なにかお探しですか？」と話しかけた坂江に、女性はほんのりと頬を染めて答えている。

その様子を見ていた時田は、釈然としない表情で声を潜《ひそ》めてつぶやいた。

「……なーんか、体《てい》よく押しつけられたような気がするなぁ？　確かに、若い女性客の相手をするのはアイツがベストなんだろうけど」

「適材適所、ですね。ここは時田さんがいれば安心ですから」

接客は坂江、力仕事を含む伝票整理などはチーフスタッフの時田。単純作業は、アルバイトがサポートをしてくれるだろう。

どちらに対するものでもなくフォローの言葉を口にした尚紀を、時田はチラリと横目で見下ろしてきた。

ふっと短く息をついて、苦笑を滲ませる。

「無難なフォローを覚えやがったな。まぁいい。ほら、早く花を選べ。秋っぽく、でもホテルフロントに飾るものなんだから淋しい印象にはならないように、色の組み合わせに気をつけろよ」

「あ！　はいっ」

しまった。のん気にしゃべっている場合ではなかった。

尚紀は納入されてきたばかりの箱を覗き込み、ススキを一本手に持った。

地味な印象を与えてしまわないよう、華やかで鮮やかな色合いの花を合わせて……でも、季節感を大切にしなければ……か。

時田は簡単そうに口にしたが、実際に花束を作るとなるとものすごく難しい。

難しいけれど、やりがいはある。

「よし、ススキに楓《かえで》の小枝、赤を挿し色にして……」

これがあの格式高いホテルのフロントを飾るところを思い浮かべながら、秋の花を手の中で組み合わせた。

□□□

「では羽山、東洋ホテルさんに行ってきます！」

「おー、気をつけて」

無事に時田のチェックを通過した花束を抱えて、駐車場に出る。少し急がなければならない。

店名がペイントされたワゴン車に乗り込んだ尚紀は、先週の金曜日に観葉植物の手入れに訪れて以来、四日振りとなる東洋ホテルへと向かった。

「今日は……フロントにいるかな」

ポツリと独り言をつぶやきつつ思い浮かべたのは、海軍服を模した真っ白な制服を微塵も違和感なく身に纏《まと》う凜々《りり》しい姿だ。

手足が長く、腰の位置が高い……日本人離れをしたスタイルでなければ衣装負けして不恰好になってしまいそうな制服を、尚紀が知る限り誰よりも見事に着こなしている。

　フロントに立つ際のダークカラーのスーツも、東堂が身につけたら高級ブランドのもののようだ。

　真っ直ぐに背筋を伸ばして立つ姿勢はストイックで、女性のみならず同性の尚紀から見ても『極上の男』だと思う。

　名前は、東堂秋名《とうどうしゅうめい》。年齢は春先に二十三歳になった尚紀より一つ下で、大学を卒業したばかりだが、年齢不相応の落ち着きを纏っている。

　そして、ごく一部の関係者しか知らないことらしいが、いずれは東洋ホテルを継ぐ身だという。

　電車の中での痴漢紛いな接触からの誤解を経て、花束を抱えた東堂から『あなたが好きなんです』と、思いもかけない言葉をもらったのは五月も終わろうかという頃だった。

　あれから約四ヶ月、不規則な勤務時間の東堂とはゆっくり逢うことも難しい。どこかで待ち合わせをして二人で時間を過ごすより、こうして、尚紀が東洋ホテルで仕事をする時に顔を合わせる回数のほうが多いくらいだ。でもそんな、ほんの数分のささやかな時間でも嬉しかった。

　仕事で向かっているのだから、浮かれた気分になってはいけない……と頭ではわかっていても、東堂の姿を見かけられるかもしれないと思えばどことなく浮き足立った気分になってしまう。

目の前に、東洋ホテルの建物が見えてきた。周辺の、デザイン性に突出した真新しい高層ビルに囲まれていると埋もれてしまっているような印象だが、『歴史』という貫禄に満ちた重厚感のある佇《たたず》まいだと思う。積み上げられてきた『歴史』は、決して金銭で手に入れることができない。

関係者用のカードを使ってゲートを抜け、地下の駐車場に車を滑り込ませると、所定の位置に駐車する。

「……後ろ姿だけでも、見れたらいいな」

ふっと息をついてそうつぶやいたのを最後に、東堂のことを頭から追い出した。

仕事に集中しなければ。意味合いは違っても、東堂と同じくらい愛《いと》しい花たちが自分を待っている。

運転席から降りた尚紀は、ワゴン車の後部ハッチを開けてフロントに飾る花束を取り出した。

まずは、フロントの花を換えなければならない。ホテルを訪れるお客さんから見えないバックヤードに花束を運び、役割を終えた花が生けられている花瓶をフロントから引き取ってきて新しいものと交換するのだ。それが終わると、客室フロアのエレベータホールに設置してある観葉植物の手入れをする。

できる限りゲストの目に触れないよう、十五時のチェックイン時間の前に作業を終わらせたい。

「あ……」

ロビーホールに出た途端、少し距離があってもフロントの端に立つ東堂の姿が目に飛び込んできた。

ドクン、と。尚紀の心臓が大きく脈打つ。

惚《ほ》れた欲目だと言われるかもしれないが、やっぱり東堂はすごく目立つと思う。同じ制服を身につけたスタッフがすぐ傍《そば》にいても、東堂だけ纏う空気が違うみたいだ。

周辺にお客さんの姿がないことを確認すると、深呼吸で高揚する気分を抑えてフロントに歩を進めて東堂に声をかけた。

「こんにちは、『花風《かふう》』です。フロントのお花、交換しますね」

他のスタッフに不自然だと思われないよう、さり気なく話しかけることができただろうか。顔がニヤけていないだろうな。

そんな心配をする尚紀をよそに、東堂は見事なまでにそつのない営業スマイルを向けてくる。

「はい。よろしくお願いします」

表情にも落ち着いた声にも、これといった違和感はない。ここにいるのが尚紀でなくても、同じ調子で接しているだろう。

なんとなく落胆した気分になる自分が、とてつもなく身勝手なのはわかっている。特別な笑みを向けられてしまったら、それはそれで困惑するくせに……。

「花瓶、失礼します」

大きな花瓶を抱えて背を向けかけた尚紀がもう一度目をやると、東堂はフロントに備えつけられている情報端末を覗き込みながらキーボード入力をしていた。その横顔から目を逸らして、重量のある花瓶をしっかりと抱え直す。浮かれた気分になって、この花瓶を落としたりしたら大変だ。

客室フロア専用エレベータから出てきた体格のいい外国人男性が、フロントの東堂に話しかけた。パソコンモニターから顔を上げた東堂は、なにやら手元の紙を指し示しながら笑みを絶やすことなく応対している。

「……お疲れ様」

ぽつりとつぶやき、今度こそ完全に背中を向けた。

交わしたのが事務的な会話でも、久し振りに東堂の顔を見られたのは嬉しかった。現金なことに、重量のある花瓶が実際より軽く感じる。

花瓶を抱えてバックヤードに歩を進める尚紀の唇には、意図することなく微笑が浮かんでいた。

「ただいま戻りました」

時田に声をかけた尚紀は、新しいものと入れ替えにフロントから引き取ってきた花束を作業台の隅に置いた。

完全に咲ききってしまっている花弁もあるが、まだ綻《ほころ》びかけの蕾《つぼみ》もいくつか見えるので、このまま廃棄するのはもったいない。

当然売り物にはできないけれど、綺麗なものを抜き取ってスタッフルームに飾らせてもらおう。

「おー、お帰り。帰ってすぐに悪いが、店長がお呼びだ」

背中を叩きながらスタッフルームに促されて、珍しいなぁと首を傾げた。

店長は、たいてい店の外での仕事に奔走している。コンサート会場や大きなイベント会場にアートフラワーを施したり、迎賓館に出向いて海外からの重要な来賓が出席するという食事会の席を飾ったり。そうした大きな仕事ばかりしているのかと思えば、富裕層の主婦を対象に小ぢんまりとしたアレンジメント教室の講師をすることもある。

そんな調子だから、チーフである時田に『花風』の店内業務のほとんどを任せていると言っても過言ではない。

時田がスタッフルームの扉を開けると、およそ半月ぶりに顔を合わせる店長が休憩用のイスに腰かけていた。

時田と連れ立って、会釈をしながら一歩足を踏み入れる。店長は、目が合った尚紀に「よぉ、久し振りだな」と笑いかけてきた。

「お久し振りです」

そっと応えた尚紀は、唇に微笑を浮かべた。

相変わらず……フラワー業界ではすごい人なのだが、失礼ながら外見は『繊細』という言葉とはかけ離れた風貌をしている。確か三十代の後半あたりだったはずだと思うけれど、年齢不詳としか言いようのない雰囲気だ。

店長の不手際の大部分を被ることになる時田が、たまに『あの熊』と腹立たしげに呼ばわっているけれど、まぁ……否定はできない。

「今って、羽山が東洋ホテルを担当しているんだよな？」

まさか、なにかクレームがあったのだろうか。だから、店長自らこうして従業員を呼びつけて……？

そんな懸念が浮かび、尚紀は唇を引き結んでうなずいた。

「……はい」

自分はどんな失敗をしてしまったのか、とか。難しい事態に対処するため、チーフである時田まで同席しているのだろうか、とか。

店長が言葉を続けてくれないせいで、よくない想像ばかりが頭の中を駆け巡った。

抑えられない緊張が顔に出ていたらしく、直立している尚紀を見上げた店長は笑みを深くした。

「あー……変な話っつーか、悪いことじゃないからそう身構えるな。来週末に、東洋ホテルで関係者を集めた大きなパーティーがあるらしいんだ。支配人から、その会場の入り口に飾るメインの花を、いつもフロントの花瓶を担当している人にお願いできないか……って打診されたんだが」

息を詰めて店長の話を聞いていた尚紀だったが、少しずつ目を見開いていき……最後のほうは、きっとポカンとした間抜けな表情になっていただろう。

店長は、ニヤニヤと人の悪い笑みを浮かべながら、尚紀の目を覗き込んでくる。

「おーい、意味がわかってるか？　羽山をご指名ってことだよ。で、どうだ。やるか？　つーか、やれるか？」

その途端、尚紀はビクッと肩を揺らせて硬直を解いた。呆けていた頭に、一気に現実感が押し寄せてくる。

大きなパーティー会場エントランスを、フロントの花瓶を担当している人に……？　そんなふうに指名されたのは、初めてだった。

「え……は、はいっ。もちろん、僕にやらせていただけるのでしたら！　頑張ります」

勢い込んでうなずいた。ようやく実感が湧いてくる。

どうしよう。嬉しい。

指名してきたという東洋ホテルの支配人は、毎週変わるささやかな花たちを目に留めてくれていたということだ。

店長の持つネームバリューではなく、『フロントの担当者を』と望んでくれたことが、なによりの喜びだった。

「いい返事だ。時田がサポートにつくから、花の選定から飾りまでおまえの好きにすればいい。俺は口を挟まん」

「……はい」

一人分の空間を置いて、隣に立っている時田にチラリと目を向ける。時田は、目の合った尚紀にニヤリと笑いかけてきた。

……本人が意図してかどうかはわからないが、人の悪い笑みは店長がたまに見せる表情とそっくりだ。

「ってわけで、さっそくデザイン画に取りかかれ。俺も余計な口出しをしないから、羽山のセンスに任せる」

パーティー会場の入り口といえば、『顔』にも等しい。重要な第一印象を担うのだと思っただけで、グッと緊張感が込み上げてくる。

「すっつごいプレッシャー……なんですけど」

ポツリとつぶやいた尚紀の顔は、声と同じく情けないものになっていたのか、大人げない二人は声を上げて笑った。

そんなふうに笑われても、「なんで笑うんですかっ」と憤《いきどお》る余力はない。

店長や時田は、政府要人が集まるような場のコーディネートを任されることがあるから、慣れているのかもしれないが……尚紀にとっては、こんな大きな仕事の中心となるのは初めてなのだ。

「広い空間だから、派手にな」

「は……い」

尚紀の頭には、東洋ホテルのメインホールの大きな扉が浮かび……あの格式あるレトロゴシックな空気を壊さないようにするには、メインをどの花にするかでいっぱいだった。

誰でも作れる画一的な面白みのないものでは、意味がない。かといって、奇を衒《てら》えばいいというものでもない。

尚紀自身、そしてアレンジメントデザインの技術では業界で定評のある、フラワーショップ『花風』……二つの株が上がるか下がるかが、この手にかかっている。

抑え切れない指先の震えは、「武者震いというやつだ」と自分に言い聞かせて、強く握り締めた。

□□□

二十二時を三十分近く過ぎた駅前には、適度なざわめきが満ちていた。尚紀は飲み会帰りらしい学生数人の脇を抜けて、急ぎ足で改札を目指す。

店内にある花たちを眺めながら頭を捻《ひね》っているうちに、ふと時計を見るとこんな時間になっていた。

発車時刻を知らせる電光掲示板にチラリと目を向けて通り抜けると、ホームへの階段を駆け上がる。

「も、ダメ……かなっ」

これくらいの時間の電車に乗る予定です、という連絡をくれたメールに気づいたのも遅かったのだ。

慌てて『これから駅に向かいます』とだけ返信メールを出し、『花風』を飛び出して駅まで走ったけれど、当初の予告時間はとっくに過ぎていた。

東堂とは、同じ路線を使用している。ただ、勤務先も自宅も、利用する駅はそれぞれ違っていて……それでも、うまくタイミングを合わせれば同じ電車に乗ることが出来るかもしれない、と期待していたのだが。

明確な約束を交わしたわけではない。東堂も、一言も『待っていてください』とか『逢いませんか』と書き記していなかった。

電車内のわずか数十分だとしても、顔を見て話したいな……と思ったのは、尚紀の勝手な希望だ。

「あ……あっ」

ギリギリのところで目指していた電車に間に合わなくて、目の前でドアが閉まった。尚紀をホームに残して加速していく車体を見送り、肩を落とす。

膝に両手をつき、うつむいて乱れた息を整えた。

逢えるかもしれない、と一度は期待しただけに、落胆が大きい。大きく息を吐いたのとほぼ同時に、

「羽山さん」

「はいっ？　……あ」

斜め後ろから声をかけられて、反射的に答えながら振り向いた。私服姿の東堂が目に飛び

込んできて、驚きに目を見開く。

夏素材の薄いジャケットと襟《えり》付きのシャツ、細身のパンツ。ネクタイを締めているわけでもなく、スーツほどきっちりとはしていないけれど、ジーンズに半袖パーカという尚紀のように学生と間違えられるラフさでもない。

「ど……して」

それは、反対側のホームに入ってきた電車の音に掻き消されそうなほど小さなつぶやきだったはずだけれど、東堂は端整な顔にやわらかな笑みを浮かべて口を開いた。

「これからお店を出るというメールをいただいたので、電車を降りてホームで待っていました。俺、明日は夕方からの遅出なんです。『花風』は定休でしたよね？　久し振りに、ゆっくりと話ができるかな、と思いまして。夕食は済まされてしまいましたか？　羽山さんさえよければ、どこかに入るか……俺のマンションに来ませんか？　簡単なものでしたら、用意できます」

東堂の言葉を、頭の中で復唱する。

慌てて返信した尚紀のメールに気がついて、わざわざ途中駅であるここで電車を降りてくれたのか。

「いえ、帰りにコンビニでも寄ろうかと……思っていました。ええと……東堂さんがご迷惑でなければ、遅めの夕食を一緒したいです」

確かに、明日の『花風』は定休日だ。都合よく東堂の休日と重なっているわけではなくても、夕方からの出勤だというのであれば半日以上は一緒にいられる。

おずおずと答えた尚紀に、東堂は苦笑を滲《にじ》ませた。

「こちらが誘ったんですから、迷惑なわけがないでしょう」

東堂の言葉に被せるように、ホームに電車が到着するというアナウンスが流れる。自然な仕草で危険がないよう庇《かば》われて、気恥ずかしさに視線を足元へ落とした。

東堂は、こうしたさり気ないのに細やかな気遣いが行き届いている。尚紀ではできないことで、驚かされてばかりだ。

接客のプロフェッショナルという職業柄、身についたのか……もともとの性分か。もしくは、その両方かもしれない。

停車した電車の扉が開き、降車する人波からも庇われてさり気なく電車内へエスコートされた。それほど混んでいないのに、扉の脇あたりに誘導されて盾になる形で目の前に立たれる。

直後、胸の奥でモゾモゾとしていたくすぐったさが、ピークに達した。

「あの、東堂さん」

「はい？」

思い切って声をかけると、静かに応えて尚紀を見下ろしてくる。三十センチほどしか離れていない距離で目が合い、ドギマギとした気分が加速した。

いくら久し振りに近くで接するといっても、これくらいで心臓が鼓動を速めるなんて……自分で自分が信じられない。

「羽山さん？」

呼びかけたのは尚紀なのに、ぎこちなく目を逸らして言葉を続けようとないせいか、東堂の声が訝《いぶか》しげなものになる。

なにか……言わなければ。なにか、なにか。

ついさっき、ホームでは、どんな話をしていた？　確か、どこかに寄るか、東堂の自宅マンションに……。

「あ、え……っと、東堂さんのマンションに、お邪魔していいですかっ？」

焦るあまり、頭の浮かんだものをそのまま口に出してしまった。落ち着きのない自分が恥ずかしい。

……泣きたいくらい、情けない。

苦し紛れに尚紀が口にした一言は前触れのない唐突なものだったと思うのだが、東堂はあっさりと首を縦に振る。

「それはもちろん」

尚紀が、自己嫌悪のあまり泣きたい気分になっていることには、幸い気づかれていないようだ。

あまりにもすんなりとうなずかれたせいで、尚紀のリアクションはますますワケがわからないものになってしまったのに。

「えっ、あ……ありがとう、ございます」

東堂はもうなにも口にせず、小さくうなずく。

尚紀から無理に話題を引っ張り出して、会話を交わそうとすることもない。東堂は、落ち着いた空気を纏って車窓を流れる街を眺めていた。

尚紀は、その端整な横顔をチラリと一瞬だけ目にして……こっそりと吐息をついた。

先ほどのやり取りを耳にした人はもちろん、こうして立っているだけでも、尚紀のほうが一つとはいえ年上だと言い当てられる人はいないに違いない。


東堂が一人暮らしをしているマンションは、尚紀の自宅アパートがある駅から二つ先にある。最寄り駅から徒歩五分の、真新しい建物だ。

一人暮らしか少人数家族を対象としているらしく、キッチンは調理スペースと食事スペースが対面式のカウンターになっており、脚の長いスツールが二つ備えられている。そこに東堂と並んで、手早く用意してくれた遅い夕食をとる。東堂の手料理をご馳走になるのは、これで三回目だろうか。

東堂は、料理までさらりとこなすのだ。この人にできないことはあるのか？　と、不思議になる。

尚紀は、空になった皿の隅に漆塗《うるしぬ》りの和風スプーンを置いて、そっと両手を合わせた。

「ご馳走さまでした。すっごくおいしかったです。……僕なんて、一人暮らしが長いのにほとんど自炊なんてしません。……しないというか、できないだけですが」

「残りものに冷凍食品を組み合わせた簡単な軽食ですので、そんなふうに言われると逆に申し訳ない気分になります」

苦笑した東堂は簡単なものだと言うけれど、尚紀だとなにをどうやって組み合わせればいいのか途方に暮れる。

冷凍ピラフを電子レンジで解凍することはできても、ミックスベジタブルとチーズを具にしたオムレツを乗せてミートソースを添えるなど、考えつきもしない。

スプーンで縦半分に割った三日月型のオムレツはとろりとした半熟で、中に入っていた色鮮やかなミックスベジタブルと溶けたチーズが見事に混じり合い、洋食の専門店で目にするものみたいだった。

「お湯を注ぐだけとか、レンジでチンじゃないだけですごいですっ。プロの料理人が作ったものみたいに、キレイでおいしかったです！　料理教室とかで、本格的に習ったんじゃないですよね？」

手放しで称賛する尚紀に、東堂は少しだけ照れたような笑みを浮かべた。いつもは冷静そのものといった雰囲気なので、こういう表情は珍しい。

「母親が心配性な人でして。実家を出る条件の一つが、炊事を含めた家事を自力でこなすことでした。独学では少しばかり創造性に富んだ味になってしまいましたので、自宅にいる調理師に頼んで基本と簡単な応用を教えてもらいました」

「はぁ……なるほど」

身の回りのことができなければ、心配で一人暮らしをさせられない……ということか。しかも、自宅に調理師がいる？

彼は当然のことのように口にしたけれど、色んな部分で東堂の育ちのよさを再認識することになった。

こんな人が、『恋人』として自分みたいに平凡な人間を選ぶというのが……今でも信じられない。才色兼備と言われる女性でも誰でも、選《よ》り取り見取りだと思うのに。

考えているとどんどん卑屈な気分になりそうで、余計なものを頭から追い出そうと話題を切り替える。

「あのっ、せめて、僕にお皿を洗わせてください」

片付けを申し出て、使用済みの食器を手にスツールから降り立った。

カウンターの内側にあるシンクへ食器を置き、白磁の皿をうっかり割らないよう自分に言い聞かせながら慎重にスポンジを滑らせる。

皿の底に記されている陶器メーカーの名前は、尚紀でも知っている高級ブランドのものなのだ。こういった海外ブランドの皿に、渋い漆塗りのスプーンを添えられても違和感は全然なかった。

東堂のセンスのよさに、改めて感心する。格式高いホテルで常にハイクオリティなものに囲まれていることによって、自然と磨かれているのかもしれない。

無事に洗剤を流し終え、水きり用のバスケット部分に皿を置いたところで、東堂が隣に並んできた。

「なにかデザートを……と思ったのですが、こんな時間なのであたたかい飲み物にしますか？　もしくは、甘めのアルコールでも？」

「なっ、んでもいいです！」

唐突に距離を詰められたことで、ビクッと肩に力が入る。答える声が、喉に引っかかったように上擦《うわず》ってしまった。

奇妙な沈黙が漂い、尚紀は自分の失敗に唇を噛み締めた。

なんだか、変な態度を取ってしまった。東堂を意識しすぎているだけなのに、これでは怖がって警戒しているみたいだ。

どうにか言い訳をしなければ、と焦れば焦るほど、なにをどんなふうに言えばいいのかわからなくなる。

「ごめんなさい。変な、態度を取って。でもっ、東堂さんを怖がっているわけじゃなくて、その……」

言葉ではうまく言い繕えない。

なんとか嫌がっているのではないと伝えたくて、そっと手を伸ばすと、東堂が着ているシャツの袖口を遠慮がちに摑んだ。

その直後、硬い声で「離してください」と低く一言だけつぶやかれて、ビクッと手を震わせる。

「すみませ」

慌てて摑んでいた手を引いたのとほぼ同時に、目の前が暗く翳《かげ》った。なにが起きたのかわからず、尚紀は目を見開いて身体を強張《こわば》らせる。

身体を包む圧迫感と、頬にさらりとしたシャツの感触が当たっていることで、長い腕の中に抱き込まれている？　と、ようやく現状を把握した。

「そんなに意識しないでください。際限なく調子に乗ってしまいます。電車内でも……なんだか可愛すぎて、うっかり肩を抱き寄せたくなるのを必死で自制しました」

「う……」

電車内で、東堂を意識しすぎた尚紀が一人で混乱していたと……どうやら気づかれていたらしい。その上で、知らないふりをしてくれていたのか。

これだけ周囲に注意を払っていて、先回りの気遣いができる人なのだから、誤魔化すことの下手な尚紀の態度に気づくのも当然かもしれない。

「いい歳して、馬鹿みたいですよね」

自嘲を含んだ小さな声に、東堂からの反応はなかった。

二人で過ごす時間があまり取れないせいで、なかなか東堂が傍にいることに慣れないのだから仕方がない。

と、そんな言い訳をしても……こうして落ち着きのない自分が恥ずかしい。きっと、東堂も呆れている。

自己嫌悪に襲われた尚紀は、東堂の背中に手を回すこともできず、『気をつけ』の姿勢で全身を硬直させていた。

「……ッ」

ふと、東堂の肩が小刻みに震えていることに気がついた。息を詰め、声を押し殺して……笑われている？

「東堂さん？」

尚紀がぽつりと名前を口にすると、背中を抱き寄せていた東堂の腕から少しだけ力が抜ける。

ぎこちなく身体を離して、東堂の顔を見上げた。尚紀と目が合うと、東堂は笑みを消して唇を開く。

「笑ったりして、すみません。羽山さんを馬鹿にしているというわけではありませんので、誤解なさらないよう。……どうして、こんなに可愛いのかと思えば……つい」

真顔でそんなふうに言われてしまうと、どんな顔をすればいいのか困る。

東堂のことだから、きっと尚紀の機嫌を取るために言い包《くる》めようという意図のあるものではない。

だから尚更、どう反応すればいいのか迷うのだが。

尚紀は、あからさまに『困惑』の表情になっていたに違いない。尚紀を見下ろす東堂の目にも、ほんの少し困ったような色が滲む。

「あー……場所を移しませんか？　俺は飲み物を用意しますので、ソファに腰かけていてください」

「……はい」

後ろに一歩足を引いた東堂と距離ができたことで、ホッとしたような落胆したような複雑な心境になる。我ながら勝手なものだ。

キッチンカウンターを出た尚紀は、火照《ほて》った頬を両手で軽く叩きながらリビングに置かれている二人掛けのソファに足を向けた。

「お待たせしました。どうぞ。デザートも兼ねて、甘いものにしました」

ガラスのリビングテーブルに、耐熱のグラスが置かれる。視線を落とすと、チョコレート色の飲み物が注がれていた。あたたかそうな湯気と共に、カカオの甘い香りと洋酒の香りが立ち昇っている。

「ありがとうございます。いただきます」

「熱いので、気をつけて」

グラスを手に持ってうなずいた尚紀は、ふーっと息を吹きかけておいてそろりと唇をつけた。

匂いほど甘くないカカオの風味と、洋酒の味が舌に広がる。

尚紀が慣れ親しんでいる、湯に溶かすだけの所謂《いわゆる》調整ココアではないことは、舐《な》める程度でもわかった。

きっと、カカオパウダーを使って本格的に作ったのだ。だから、ビターチョコのようなほどよい甘みと濃厚なカカオの味や香りがする。

「……おいしい」

「甘さが足りないようでしたら、チョコレートリキュールかアイリッシュクリームを足しますが」

「いえ、ちょうどいいです」

どうやら、尚紀が想像した以上に色んなものが使われているらしい。少なくとも尚紀の周りには、男の一人暮らしでここまで整理整頓された部屋に住む人間も、自宅で本格的なホットチョコレートを作る人間もいない。

つくづく、どう言えばいいのか……手間を惜しまない人間らしい。東堂のことを知れば知るほど、自分にはもったいないと感じてしまう。自分のどこがよくて、『好き』と言ってくれたのかも不思議だ。

「そういえば、今日のお花はススキを使われていましたね。最近は自然のものをあまり目にしなくなったのですが、秋らしくて素敵ですね……とご婦人が喜ばれていました」

尚紀の隣に腰を下ろした東堂が、フロントに飾った花のことを口にする。喜ばれた、という言葉が嬉しくて自然と唇を綻ばせた。

「その後、外国人のお客様にススキの説明を求められましたが、ススキのことをよく知らず……恥ずかしい話ですが狼狽しました。先輩スタッフにフォローしてもらい、事なきを得ましたが。勉強不足ですね」

隣の東堂に目を向けると、珍しく苦いものを含んだ自嘲の笑みを浮かべていた。

花については詳しくないと自己申告していたが、ススキについての説明を求められてもさぞ困っただろう。

苦い表情の東堂には申し訳ないけれど、この人でも困ったり先輩にフォローしてもらうことがあったりするのだと知り、少しだけホッとした気分になる。

自嘲する姿に安心するなど、意地が悪いだろうか。

「あ……ススキは雑草というイメージを持たれ勝ちですが、この季節には欠かせない名脇役なんです。……お月見の団子ともセットですし」

「確かに、準主役ですね」

天井付近に視線を泳がせた東堂は、盛り上げられた月見団子とススキを思い浮かべているに違いない。

その端整な横顔を、必要以上にマジマジと見てしまったかもしれない。尚紀の視線を感じたのか、東堂がこちらに目を向ける。

「あ……」

三十センチ足らずの距離で視線が絡み、慌てて目を逸らした。急激な動きに持っていたグラスが揺れて、ホットチョコレートがほんの少し零れる。

「ッ」

実際はそれほど熱くなかったと思うけれど、瞬間的に『熱い』と感じて眉《まゆ》を顰《ひそ》めた。

「羽山さんっ。手、火傷《やけど》したんじゃないですか？」

東堂の声と共に、グラスが取り上げられる。そのグラスをテーブルに置くと、手首を摑まれた。

尚紀の人差し指と中指を伝い落ちる、チョコレート色の雫《しずく》を……東堂の舌が舐め取る。あたたかく濡れた舌の感触は妙に生々しくて、ざわっと腕に鳥肌が立った。

「ぁ！」

ビクッと肩を揺らして手を引きかけたけれど、手首に東堂の指がしっかりと絡んでいて逃れられなかった。

尚紀が逃げようとしていることに気づいたはずなのに、手首を摑む東堂の指の力が更に強くなる。

「痛いですか？」

「だ、大丈夫です！　なんともありませんので」

答える声が、奇妙に上擦ってしまった。なんとか手を取り戻そうとしているあいだも、東堂は真剣な目で尚紀の指を見ている。

「でも、少し……赤くなっています」

東堂は心配してくれているだけなのに、尚紀一人で変に興奮しているみたいだ。堪《たま》らなく恥ずかしい。

「本当に大丈夫ですからっ」

強く手を引くと、ようやく東堂の指から力が抜けた。ホッとしたのは一瞬で、手首の代わりに肩を摑まれて身体を硬直させた。

さすがにあまりにも不自然な態度だと思われたのか、東堂の声が硬いものになる。

「羽山さん、俺は『意識されている』と自分に都合のいいように解釈していたのですが、本当は避けたがっていますか？　もしかして、怖がられているのでしょうか」

「違いますっ。そんなわけ、ない」

慌てて否定した尚紀は、顔を上げて東堂と目を合わせた。目の合った東堂は、ほんの少し眉を寄せて表情を曇らせている。

「僕は、その……過剰に反応する自分が恥ずかしいんです。東堂さんは、なにも悪くありません」

こんなふうに吐露することも恥ずかしいけれど、東堂を怖がっているなどと誤解されるわけにはいかない。

東堂と目を合わせたまま……尚紀は必死な顔になっていたはずだ。ふっと、東堂の表情が緩む。

「それでしたら、いいのですが。怖がらせてしまった前科があるだけに、どうも疑心暗鬼になってしまいます」

「そんなこと……。えっと、最初に痴漢紛いなコトをしたのは、僕のほうですし」

広い背中があまりにも好みだという理由で、満員電車の中……意図的に身体をもたせかけたのだ。

今になって思い返しても、アレは痴漢行為の一種だった。

あの時の自分を思い出すたびに、どうしてあんなことができたのかと……居たたまれなくて、穴を掘って自ら埋まりたくなる。

「こうして……触れてもいいですか？」

尚紀がうなずくより早く、肩に置かれていた手がスルリと背中を撫で下ろす。ビクッと身体が震えてしまったけれど、東堂は手を離さなかった。そのことにホッとする。

背中の中ほどまできたところで動きが止まり、ゆっくりと撫でられる。子供を宥《なだ》めているような仕草だ。

心臓が……トクトクと猛スピードで脈打っていた。

「羽山さん、なにか……花の匂いがします」

片手は背中を抱いたまま、もう片方の手がそっと髪に触れてくる。東堂の肩口に顔を埋めていた尚紀は、香り移りの強い花に触れただろうかと記憶を探った。

尚紀自身は匂いに慣れて嗅覚が麻痺しているのか、東堂に指摘されるまで花の匂いを感じることはなかった。

「な、なにかな。えーと……金木犀《きんもくせい》、とか」

アレンジメントデザインを模索するために、閉店後の『花風』店内を歩き回ったのだ。金木犀の枝を生けたバケツの傍で、立ち止まっていたような気がする。

「俺には、名前はわかりませんが。いい香りです」

そう言いながら背中を抱く腕に力が込められて、心拍数が更に跳ね上がった。密着している東堂にまで、伝わっているかもしれない。

なんとも形容し難《がた》い空気に耐えられなくなった尚紀は、しどろもどろに口を開く。

「居残りをして、『花風』の中を動き回っていましたので。東洋ホテルさんのパーティー会場に飾る花を、どうしようかとっ」

聞かれてもいないのに、余計なことまで口をついて出る。しかも、意図したわけではないけれど、どことなく色っぽい空気が霧散してしまった。

呆れるか不機嫌になってもおかしくないと思うのに、東堂は普段と変わらない調子で言葉を返してくる。

「ああ……来週末の。どんな花が飾られるのか、楽しみです」

「え？」

その言葉に違和感を覚えた尚紀は、ピクッと肩を震わせて目を瞠った。東堂の肩口から顔を上げて、視線を合わせる。

尚紀は、東洋ホテルのパーティー会場としか言っていない。

「東堂さん、知って……？」

いつ……とか、具体的なことがわかるわけがないのに、東堂はずっと前から知っていたような口振りだ。

「コーディネーターをどうするか迷っているふうでしたので、『花風』さんにお願いしたらいかがですか、と提案させていただきました。支配人も、フロントを担当されている方ならお任せできると……」

東堂の声は耳に届いているのに、頭に入っていかない。

呆然としていた尚紀の頭に、少しずつ東堂の言葉の意味が浸透して……グッと奥歯を噛み締めた。

「……東堂さんが、推薦してくださったんですか」

つぶやきは、硬いものだったかもしれない。尚紀を見下ろす東堂が、不思議そうに目をしばたたかせる。

「推薦というほどのものではありませんが」

「それで……」

ぽつんと口にして、東堂の目から逃げるように視線を落とした。

東堂の進言があったから、尚紀に話がきたのか。支配人ということは、東堂がいずれ東洋ホテルを継ぐ身だと知っているはずで……そんな人から提案されれば、うなずくしかないだろう。

そんなことなど知らず、フロントの花だけを見て評価してくれたのだと、浮かれて喜んでいた。

「羽山さん？」

うつむいたきり黙り込んでいるせいか、尚紀を呼ぶ東堂の声が訝しげなものになる。

顔を上げて、応えなければ。笑って、「なんでもないです」と……。

頭ではそう思っているのに、笑える自信がないので顔を上げられない。心臓が早鐘を打っているけれど、ついさっきまでの動悸とは種類が違う。

どうしよう。東堂の傍にいるのが……息苦しい。このまま近くにいたら、なにかとんでもないことを口走るかもしれない。

自分がどんな言動に出るのか、わからなくて怖い。もう……限界だ。

「羽山さん、どうし」

「あの、僕……帰ります」

東堂がそっと手に触れてきたのと同時に、腰かけていたソファから立ち上がった。目を合わせることなく口にして、ソファの脇に置いてあったバッグを拾い上げる。

「えっ、羽山さんっ？　もう、終電が」

「大丈夫です。お邪魔しました。……ありがとうございました」

早口でそれだけ言い残し、玄関に向かう。東堂が追いかけてくるのがわかったから、シューズの踵《かかと》を踏んで廊下に飛び出した。

立ち止まることも振り返ることもなく、エレベータに向かう。幸い一つ上のフロアに停まっていたエレベータは、すぐにやってきた。

乗り込んですぐ、『閉』ボタンを押す。顔を上げなかったので、東堂が追いかけてきているかどうかはわからなかった。

ただ、下降し始めたエレベータの中、一人きりの空間だと認識した途端ふっと肩から力が抜ける。

「東堂さん、ビックリしてた……な」

顔は見られなかったから、どんな表情をしていたのかはわからない。でも、尚紀の名前を呼ぶ声に、たっぷりと戸惑いが滲んでいた。

東堂の目には、わけがわからない行動に映ったはずだ。

「僕、馬鹿だ……」

いろんな意味で、馬鹿だと……自己嫌悪ばかりが込み上げてくる。一階についたエレベータの扉が開いたと同時に、脇目も振らず走り出した。

苦しい。東堂に対して、どんなふうに思えばいいのかわからない。

きっと、尚紀が一人で勝手に沈んだ気分になっているだけなのだ。それも、実力が認められたと浮かれて……そうではなかったのだと知ったことで、落胆して。自分勝手に、裏切られたような気がしている。

上手な言い訳もできず、東堂のマンションから逃げ出してしまった。

すれ違う人のほとんどない深夜の街を歩きながら、足元に吐息を落とした。

「なんか……頭、ゴチャゴチャだ」

もう一度、馬鹿だな……と独り言を零した。

□　□　□

大きな長方形のガラス花器は、二人がかりでやっと運ぶことができる重量だ。時田と二人でキャスターつきの台車から下ろして、慎重に滑り止めマットの上へと乗せた。その周りには、白いレースのクロスを敷き詰める。

「この位置でいいか？　飾り始めたら動かせないからな」

時田の言葉に、尚紀は小走りで少し距離を取った。

パーティーホールへの入り口であるダークブラウンの扉、ナチュラルなアイボリーの壁紙、花器を設置した扉脇のスペース。全体を目に映すことのできる位置で足を止めて、じっくりと眺める。

「……大丈夫です」

大きくうなずき、踵《きびす》を返した。駐車場の車から、飾りつけるための花たちを運んでこなければならない。たっぷりと時間を取ったつもりでも、作業を始めたら二時間くらいあっという間に過ぎるだろう。

足早に廊下を歩いていると、正面からこちらへ向かってくる制服姿の長身が目に飛び込んできた。

「あ」

パッと視線を足元に落としたけれど、あちらは一瞬でも目が合ったことに気づいたはずだ。尚紀が、目を逸らして逃げたことも。

早く……すれ違いたい。

そんな焦燥感に背中を押されて、自然と足の運びが速くなる。

「どうも、お世話になってます」

尚紀の斜め後ろから時田の声が聞こえたかと思えば、落ち着いた低い声が応える。

「……こちらこそ、いつもお世話になっております。よろしくお願いします」

時田が挨拶をしてくれて幸いだった。尚紀は、頭を下げるだけで済む。

そんなズルいことを考えて、足を止めることなく軽い会釈だけをした。時田が一緒にいるせいか、あちらから尚紀に話しかけてくることはない。

何事もなくすれ違い、東堂の気配が離れていくことにホッとした。

「今の兄ちゃん、えっらい男前だったな。ここの制服をあそこまで見事に着こなしている人間は、初めて見たかも」

従業員用のエレベータに乗り込みながら、時田がそんなことを口にする。無視するわけにいかず、尚紀は曖昧に相槌を打った。

「そ……ですね」

「なんだ、気のない言葉だなー。ここは、時田さんのほうが男前ですよ、とかって返すところだろ」

「僕が言わなくても、自分で言っているじゃないですか」

無理をすることなく、自然と笑みが零れた。たまに厄介だと感じるけれど、今は時田のこういう性格がありがたい。

「なんだなんだ、緊張してるのか？　デザインの通りにやれば大丈夫だよ。予行練習でも、店長が『いい感じだ』って褒めてただろ。あの人、自画自賛は激しいくせに滅多に他人を褒めないいんだからな」

時田は、苦い口調で「ナルシストな態だから」と続ける。同意するのは心苦しいが、確かに店長は滅多に他人を褒めない人だ。

逆にそんな人がごく稀《まれ》に『いい』と言ってくれたら、嘘偽りのない称賛だと受け止めることができる。

昨日、予行演習と称して尚紀が五分の一ほどのスケールで制作したものを、真顔で『いい感じだ』と言ってくれたのは事実で……すごく嬉しかったし、自信にもなった。

「頑張りますっ」

「おー。でも、気合いを入れすぎるな。気負うと失敗する。俺なんて、初めての大仕事で気負いすぎてものすごいミスをやらかしたんだぞ」

地下駐車場に着いたエレベータを降り、『花風』のワゴン車に向かって歩きながら会話を交わす。

荷台に置いてあった花の入ったバケツを抱えて、そろりと時田を見上げた。

「……どんな？　って、聞いてもいいですか？」

「はは……思い出させるな」

答えた時田は、薄《うっす》らとした笑みを浮かべている。が、目は笑っていない。

思い出すのも苦痛な失敗だったのか。しかも、自虐ネタとして笑いながら話してくれそうな時田が、語りたくないレベルの。

それだけで、聞かないほうがよさそうだと思える。

「……気をつけます」

「ああ」

尚紀一人だと、二の舞になっていたかもしれない。でも、こうして時田が一緒にいてくれるから安心できる。先輩として、信頼できる人なのだ。

二人で大きなバケツを抱えてパーティーホールに戻り、黙々と作業を進めた。

時田はサポートに徹するつもりらしく、余計な口出しも手出しもせず必要最低限なことだけを手伝ってくれる。

だから尚紀は、集中を切らすことなく自分の世界に浸って花に向かい合うことができた。

指先で感じる生花の茎、瑞々しい翠の葉、鮮やかな紫のトルコ桔梗と秋咲の深いボルドーのバラ……オレンジのダリアのバランスを見ながらワイヤーを組み込み、テニスボールほどの大きさの姫りんごを飾っていく。

花器の周りに強いたクロスにも、姫りんごや洋梨、青々としたイガのままの栗を配置して緑の蔓を這わせた。

「……ふぅ」

最後に全体のバランスを整えて大きく息をついた途端、グッと肩が重くなる。右手に持っていた小さなはさみが、床の絨毯の上へと滑り落ちた。

「あ……れ」

慌ててしゃがみ込んで、はさみを拾い上げる。立ち上がろうとしたけれど、膝に力が入らなくてふらりと身体が傾いだ。

「おっと、大丈夫か？　……抜けたな」

腕を摑んで尚紀を支えてくれた時田が、ふっと微笑を浮かべる。時田を見上げて「ありがとうございます」とつぶやいた尚紀は、その視線を追って秋色に飾りつけられた扉付近を眺めた。

「合格。お疲れさん。タイムリミットまで、十分だな」

「えっ、そんな時間……」

慌てて腕時計を確認すると、確かに作業を始めてから一時間半も経っていた。尚紀自身の感覚としては、二、三十分ほどだったのだが。

「写真を撮って、店長に報告だな」

ポンと尚紀の背中を叩いた時田は、作業用具を入れてあるウエストポーチからデジタルカメラを取り出して、角度を変えながら写真を撮っていく。

尚紀は、呆けた面持ちでその様子を眺めていた。

無事に……コーディネートが完了したらしい。なんだか、まだ実感がない。

「……終わられましたか？　ああ、素晴らしいですね。とても綺麗です。ありがとうございました」

そんな声に顔を向けると、濃紺のスーツに身を包んだ東洋ホテルの支配人が立っていた。年齢は五十代の半ばほどだと思うが、さすが東洋ホテルの……と感じさせられる貫禄と風格がある。

「あ、こちらこそ……大切な会場を飾らせていただきまして、ありがとうございました」

ぼんやりとしていた尚紀は、ハッと我に返って頭を下げる。作業開始の前に挨拶をした時は、頭の片隅に『東堂に言われたから任せてもらえる』という卑屈な考えがあったのだが、今は不思議と清々《すがすが》しい気分になっていた。

達成感が気持ちいい。綺麗だという言葉を、素直に嬉しいと感じることができる。

「花風さん……羽山さんにお任せして、正解でした。毎週換わるフロントの花も、ゲストの方々にとても好評なんですよ。若い方がこうして着実に育たれているのは、素晴らしいことです。さすが花風さんだ」

「そんな……」

「……ありがとうございます」

手放しの称賛に恐縮してうまく言葉が出ない尚紀に代わり、時田が答えて頭を下げる。支配人は、「次の機会にも、是非お願いします」と言い残して、忙しそうにパーティーホールへと入っていった。

気がつけば、周囲ではパーティーに向けた準備が着々と進んでいた。ホールを出入りするホテルスタッフも数を増やしている。

邪魔にならないよう、早く片付けをしなければならない。

「すみません、時田さん。ワイヤー類をお願いしてもいいですか？」

「先輩を雑用にこき使おうってか。いい度胸だ。……っていうのは冗談で、お願いされてやるよ」

時計をチラリと確認した時田は、軽く笑っておいて絨毯に屈み込む。時間がないせいで長々と絡んでこなかったのだと思うが、それでも一言口にしなければならないのか。

時田がワイヤーの切れ端を拾ってくれているあいだに、尚紀は小さな葉や花弁を拾い集めて場を整えた。

ギリギリの時間になってしまったけれど、当初の予定通りの時間にすべての作業を終えてその場を後にする。

「今日は早々に上がっていいぞ。タイムカードは定時に押していたが、ここ数日、夜中まで残ってただろ」

エレベータに向かって歩いていた時田が、チラリと尚紀を振り向いてそんなことを言ってきた。

コッソリと居残りをしていたつもりだった尚紀は、イタズラが見つかった子供のような気分になる。

「……知ってました？」

「そりゃ、毎日鍵当番だって早出してたらなぁ。前日、ラストだったたって証拠だろ。スペアがあるんだから、適当に誰かに任せればいいのに。っとに馬鹿正直なんだから」

尚紀の目に映るのは背中のみだが、時田がどんな表情をしているのか想像はつく。声にも苦笑が滲み出ているのだ。

尚紀はなにも答えられず、無言で微苦笑を浮かべた。

毛足の短い絨毯の敷き詰められた廊下は足音を吸収して、道具入れの中ではさみやペンチの触れ合うかすかな金属音だけが響いていた。

従業員用のエレベータが開き、中に乗っていた人が降りてくる。時田に続いてエレベータに乗り込もうとした尚紀だったが、エレベータから出てきた人にすれ違いざまに腕を摑まれて、ギョッと顔を上げた。

「あ」

見上げた東堂は、無表情だ。チラリとだけ尚紀と目を合わせて、エレベータに乗り込んでいる時田に声をかけた。

「すみません、個人的に羽山さんとお話したいことがありますので……お時間をいただいても構いませんか？」

「あ？　ああ。こっちは構いませんが。羽山、先に降りてるからな」

時田は不思議そうだったけれど、尚紀が一言も答えないうちにさっさとエレベータの扉を閉めてしまう。

心構えをする間もなく、東堂と二人きりにされてしまった。あまりの不意打ちだったせいか、ここから逃げ出そうと考えることもできない。

「こちらへ」

摑まれたままの腕を引かれて、エレベータの前から非常階段というプレートが出ている扉の内側へ誘導される。東堂の手を振り払う余力はなく、のろのろと足を運んだ。

尚紀が逃げ出すことを警戒しているのか、壁に背中を押しつけられて長い両腕のあいだに身体を挟まれる。

非常時以外に使うことがないせいで他より照明が抑えられているらしく、薄暗い。

「羽山さん、あの日から……どうして電話にも出てくれないんですか？　俺は、なにか悪いことをしましたか？」

声の端々が尖《とが》っていて、隠し切れない苛立ちが感じ取れる。

電話に出ない。メールの返信をしない。東洋ホテルの作業は、必要最低限のことだけそそくさと終わらせる。

うっかり鉢合わせしないよう、細心の注意を払い……もし東堂の姿を確認したら、私的な会話ができないタイミングをあえて見計らう。

そうやって、一週間以上も避け回っているのだ。苛立ちを感じて当然だろう。

「すみません。東堂さんが悪いんじゃないです。……僕が勝手に、プライドを傷つけられたって思って……」

懸念だった大仕事を無事に終えられたせいか、現金なことに心のつっかえが消えていた。胸の内側に渦巻いていた思いを、東堂に告げることができる。

「プライドを？　俺は、自分でも気づかないうちにあなたを傷つけていましたか？」

東堂は、なにも口にせず一人で勝手に落ち込んで背中を向けた尚紀に怒りを感じるのではなく、自責の念に駆られているらしい。

尚紀を気遣うばかりの姿を見せられて、ようやく身勝手さを思い知る。

「……今日の、フラワーコーディネートのことで。僕は、フロントの花がきっかけで純粋に指名してくれたのだと単純に喜んでいたんです。でも、実は東堂さんが推薦してくれたのだと知って、ビックリするくらい気分が沈みました。そうして落胆したことで、実力が認められたのかと思い上がって浮かれていたことに気づいて、自分が恥ずかしくて……」

こうして口に出すのも、恥ずかしい。少しずつ声が小さくなってしまう。

それでも、口にしなければならない時もあると拳《こぶし》を握り締めて、なんとか東堂に伝えた。

「誤解ですっ」

強い力で両肩を摑まれて、ビクッと顔を上げた。東堂は、怖いくらい真剣な目で尚紀を見下ろしていた。

「……え？」

その瞳があまりにも強いので、視線を逸らすことができない。

「知人だからという理由で無理に捻じ込めるほどの発言力は、俺にはありません。それに、確かに俺は『花風』さんに……とは言いましたが、フロントを担当している方にお願いしようと決めたのは支配人です」

「……本当ですか」

呆然とつぶやいた尚紀に、東堂は大きくうなずいた。

一人で先走って……勝手に落ち込んでいた、ということだろうか。だとしたら、本当に自分勝手な。

「ごめんなさい。あの時、きちんと、言えばよかった。どういうことですか、って直接ぶつけるべきで……」

思いは言葉にして、会話を重ねなければわからない。いくら東堂が気遣いの達人でも、超能力者ではないのだから尚紀の心の中まではわかるわけがないのだ。

そんな大切なことに、ようやく気づく。

一人で傷ついた気になっていた自分は、どうしようもなくワガママな子供と同じだ。今すぐ消えてしまいたいくらい、恥ずかしい。

身を縮ませていると、電子音が響いた。制服の内ポケットを探った東堂が、チッと彼らしくない舌打ちをする。

「すみません。ゆっくりと話したいのですが……」

「あ、お仕事中……に、こちらこそすみませんっ。僕のことは気にせず、行ってください」

自分は一仕事終えてスッキリとした気分になっているけれど、東堂の邪魔をしている。焦った尚紀は、目の前の肩に手をかけた。

尚紀を見下ろしてなにか言いかけた東堂は、ふっと短く息をついて尚紀を囲うように壁についていた手を引いた。制服のポケットを探り、取り出したものを尚紀の手に握らせる。

「今夜……二十二時半くらいになるかもしれませんが、待っていてください。いいですか？」

「は、い」

迫力に押されて、反射的にうなずく。それを確認した東堂は、「絶対ですよ」と念を押して非常階段の扉を開けた。

尚紀が廊下に出たと同時に、「慌しくてすみません」とだけ言い残して背中を向ける。

「本当に忙しいんだ。なのに……」

自分のために、貴重な時間を割いてくれた。

早足で歩いていく制服姿の背中を見送り、角を曲がった東堂が見えなくなったところで、手の中に握り締めているものの存在をようやく思い出した。

「キーケース？」

待っていてください、というからには……自宅マンションの鍵だろうか。

尚紀の都合や意見を聞かず、こうして強引な言動に出るなど初めてだ。あの、電話が鳴った瞬間の苛立ちを隠そうともしない舌打ちや、尚紀を腕の中に囲ってチラリと覗かせた腹立たしそうな表情も。

互いに、さらけ出さなければならない部分がまだまだたくさんあるのだろう。

「まだ、新芽……って感じなんだろうな」

花に例えれば、ようやく発芽したところだ。成長の余地も、花を咲かせるまでに乗り越えなければならないものもたくさんある。

ゆっくり育てていけたら、幸せだな……と。握り締めたキーケースに視線を落とした尚紀は、唇に微笑を浮かべた。

どんな草花でも、一日二日で育つものはないのだから。

この手で咲かせたい

「二十二時、十分……か」

腕時計で現在時刻を確認して、暗い窓の外に視線を移した。

車窓を流れる風景を眺めていると、春の浅い『あの日』が、つい昨日のことのように思い浮かぶ。

あれから、まだ、半年そこそこしか経っていない。

数人いる同期とは、使用する鉄道路線が異なる。従業員用の裏口を出たところで、「お疲れ様でした」「また明日」と挨拶を交わし、各自駅へと向かった。

出てきたばかりの建物は、『東洋ホテル』。歴史を感じさせる、重厚感のあるレトロな建造物だ。自分が、いずれは継ぐことになる。社会勉強も兼ねて大学進学と同時にアルバイトを始めたので、馴染《なじ》みは深い。

当然それは、一学生として……だ。

東堂秋名《とうどうしゅうめい》という学生バイトが『東洋ホテル』の関係者だということは、支配人とごく一部の上層部しか知らない。大学を卒業するこの四月から正式採用が決まり、今は新人研修が始まったところだ。

たまにそこで見かける『彼』は、いつも顔が隠れそうなほど大きな花束を両手で抱えていた。腕の中の花が大切だと……見ているだけで伝わってくる。

暦の上では春でも、空気が冷え冷えとしている三月。彼の周りだけ、暖かくてやわらかな春の気配に包まれているみたいだった。

失礼な言い方だが、薔薇みたいに鮮やかに咲き誇る大輪の花ではない。道端でひっそりと咲いている小さな草花のように、自然とそこにある。名前を知っている人は多くなくても、誰しも一度は目にしたことのあるものだ。

目を惹く特別な要素は、見当たらない。それなのに……いつから、これほど特別になったのだろう。

□□□

普段は停まることのない駅と駅のあいだで停車して、約五分。事故の影響で停車するというアナウンスが流れ、仕方がないとわかっていながら吐息をついた。

少し前から、誰かが背中にもたれてきていることには気がついていた。ただそれは、満員電車では珍しいことではない。混雑した電車内では不可抗力というものだから、もたれかかられて迷惑だとか鬱陶《うっとう》しいという感情も湧かなかった。

幸い自分は、平均的な日本人よりも上背《うわぜい》がある。混雑した電車内でも上部の空気を吸うことができるので、ずいぶんとマシだろう。周りに押し潰されそうになっている小柄な女性を見ると、可哀想になるくらいだ。

ただ、うっかり痴漢疑惑をかけられては堪《たま》らないので、申し訳ないけれど積極的に救いの手を差し伸べたことはない。

この、背中に体重を預けている『誰か』も……周囲の圧力に負けて、見知らぬ他人と密着する羽目になったのだろう。気の毒に。

そう思いながら、極力背中を意識しないように努めた。

中吊り広告を眺めて気を紛らわせようとしていても、その日に限って意識を逸らすことができなかった。

背中で感じる……姿も見えない他人の体温が、気になって堪らなくなる。

一度そうして神経を集中させてしまうと、いつものようにやり過ごすことはできなくなってしまった。

首だけを捻《ひね》り、わずかに背後を振り返る。

ハッキリとは見えなかったけれど、背格好からどうやら女性ではないらしいとだけは確認できた。

うつむき加減になっているその人の頭と耳の一部だけが、かろうじて目に映る。窮屈で息苦しいのか、時おり遠慮がちに身動《みじろ》ぎする様子が背中から伝わってきた。

やわらかそうな髪の隙間から見え隠れする耳は、ほんのりと桃色に染まっている。耳の裏側にある小さなホクロなど、当の本人は存在に気づいていないかもしれない。こうして、背後……それも少し高い位置から見下ろすことで、ようやく目に入る位置だ。

ジッと見詰めていたら、秘密を覗《のぞ》き見ているような……なんとも言えない奇妙な気分になってきた。

「……っ」

車内放送が耳に飛び込んできた途端、東堂はふっと息を吸って我に返る。心臓が、変な具合に脈打っていた。

運転再開を知らせるアナウンスが流れるまで、意識することなく背後の人物を観察していたようだ。

ようやく電車が動き出し、車内の乗客が少しずつ場所を移動した。東堂の背中に密着していた人物も、遠慮がちに背中を浮かせる。

これまであった重みと体温がなくなると、何故か違和感というか物足りなさに似たものが込み上げてくる。相手は見も知らない他人なのに、不思議だ。

駅に到着して扉が開くと、一斉に乗客の多くがホームへ降りた。長く閉じ込められていた空間から一時的にでも逃れたいのか、いつになく小さな駅で降車する人が多い。

東堂の背中に密着していた人も、ホームへ逃れたようだ。

電車内に残った東堂は、ずいぶんと余裕ができて快適になった周囲を見回して、小さく息をついた。

四月から正式に勤め始めることとなるホテルでの仕事は、シフト制だ。

今はまだ研修期間だから、ほぼ毎日この時間の電車を利用するけれど、四月以降は帰宅時間が定まらない。さっきの人物とは、きっともう同じ時間帯の電車に乗り合わせることもないだろう。

偶然が生んだ、一期一会だ。

なんとなく心の隅に引っかかったささやかな接触は、繁雑なホテル勤務に打ち込むうちに自然と忘れていた。

……その瞬間までは。

□　□　□

混雑した電車内で背中に感じる重みは、決して珍しいものではない。なのに……この日だけは、何故か気になった。

最初は、背中合わせだったはずだ。

それが……背中の中ほどに手のひらを押し当てられているような感触に変わり、もしかして頭を預けられているのではないかと思い至る。

直後、全神経が背中に集中する。電車の揺れに振り回されないよう必死で足を踏み締めて、ピクリとも動けなくなった。

気のせいではない。やはり……誰かが意図的に身体《からだ》を預けてきている。身動きが困難なほどの混雑ではないのだ。

どれくらいの時間、そうして背後に意識を向けていただろうか。

停車駅のアナウンスが流れた直後、背中にあったぬくもりが離れていく。どうやら、この人物の降車駅らしい。

首を捻って、自分に密着していたのが『どんな人物か』確認した東堂は、息を呑《の》んで目を瞠《みは》った。

冷静沈着だと自負している東堂を驚愕させた理由は、二つ。一つはその背格好と……耳の裏側にある小さなホクロに、見覚えがあったこと。もう一つは、後ろ姿でもわかるほど見知っている人物だったせいだ。

なにをどうしよう、とか。頭で考えるよりも先に、気がつけば両手を伸ばしてその人物を腕の中に囲っていた。

東堂のそんな行動は、予想外のものだったに違いない。腕の中にいる人は、ビクッと身体を震わせて硬直する。

胸の内側が、奇妙にざわついていた。心臓が鼓動を速め、熱い血液を全身に送り出している。

この感覚を、どう形容すればいいのだろう。

自分が腕に抱いている人物も戸惑っていると伝わってくるけれど、東堂もこんな行動に出た自身に戸惑っていた。

いつもは頭で考えて、理屈と筋の通った言動しか取らないようにしているつもりだ。それなのに、こうして衝動に突き動かされるなど信じられない。

駅が近づき、少しずつ減速していく。腕に抱いた人が、かすかに身動ぎをした。

このままでは、扉が開いた瞬間腕を振り払われて逃げられる……という焦燥感が湧いてきて、思わず口を開いた。

「……意外と大胆ですね。羽山《はやま》さん」

確信した人物の名前を、小さく告げた途端。腕の中に包み込んだ人が、小刻みに震え始める。

焦りに負けた己の失敗を悟ったけれど、後の祭りだった。羽山は、見ていて可哀想になるほどの恐慌状態に陥ってしまい、泣きそうな声で謝罪を繰り返し……東堂の前から逃げ去ってしまった。


あの日ホームに残された東堂が、電車三本分は呆然と突っ立っていたことを、羽山は知らないだろう。

その後、焦りと妙な思い込みに突き動かされて自分が取った無様な行動は、できるなら羽山だけでなく自身の記憶からも消し去ってしまいたい。

そう願っていても、忘れたいと願う東堂に弱さを許さないとばかりに、こうして電車に乗るたび一部始終が思い浮かんでしまう。

「……ふぅ」

最寄り駅に到着した電車を降りて、大きく息をついた。もう秋も深まる頃だというのに、今日もまた春先の記憶に振り回されてしまった。

ゆるく頭を振って気分を切り替えると、改札を抜けて自宅に向かって歩き始める。ひょろりと背の高いマンションのエントランスに足を踏み入れながら、いつものクセでキーケースを収めているパンツのポケットを探った。けれど指先に触れるものがなくて、ポツリとつぶやく。

「ああ、そうか」

今日は、羽山の手に「待っていてください」と押しつけたのだ。返事も聞かず、かなり強引だったという自覚はある。

羽山のことだから、自宅の鍵を預けてしまえば逃げることができないに違いないと……瞬時に、ズルい計算を働かせた。

エレベータに乗り込み、自室のあるフロアに降り立つ。エレベータホールを離れるにつれ、自然と足の運びが速くなった。

廊下から少し入り込んだ玄関ポーチの部分を覗き込んだ瞬間、驚いて「え」と間抜けな一言を零してしまう。

「羽山さんっ。どうしてそんなところで……」

羽山がいるなら部屋の中だろうと、当然のように思っていた。まさか、玄関先に座り込んでいるとは。

しゃがみ込んでいた羽山は、その場で膝《ひざ》を伸ばしながら東堂を見上げて、ほんのりとした笑みを浮かべる。

「お帰りなさい。どうしてって、鍵を預かっていましたので」

「そうじゃなくて、中に入っていてくだされればよかったのに」

風邪をひくような気候ではなくても、この時間になれば少し肌寒い。それに、いつからしゃがみ込んでいたのかわからないけれど、脚が痛いのではないだろうか。

羽山は東堂にキーケースを差し出しながら、小さく首を左右に振った。

「そんな、勝手に鍵を開けて上がり込むなんて」

「……部屋の中に入っていてくださいと、お願いしておくべきでした」

彼の性格は、ある程度わかっているつもりだ。それなのに、きちんと言わなかった自分も悪い。

ため息をつきたくなるのをなんとか抑えて玄関扉を開けると、ついてくるように羽山を促した。初めてここに来たわけでもないのに、羽山は相変わらず遠慮がちに玄関先へ足を踏み入れる。

「夕食は済まされましたか？」

「あ……東堂さん、は？」

質問を返してきたことで、『まだ』らしいと悟る。東堂の答えを聞き、こちらに合わせるつもりなのだ。

再び込み上げてきたため息を、今度もギリギリのところで押し戻した。いつまで経っても、遠慮が抜けないらしい。

控え目なところも彼の美点であり、好ましい部分の一つだとわかっているつもりだが、たまにどうしようもなくもどかしくなる。これ以上自分の内側へ入り込むなと、ラインを引かれている気分だ。

「簡単なものを用意しますので、軽食につき合ってください」

「……」

羽山がうなずいたのを確認して、リビングのソファでなくキッチンカウンターへ足を向けた。

聞きたいこと、話さなければならないことは無数にあるが、全部後だ。


「お茶をどうぞ」

「あ、ありがとうございます」

硬い横顔にチラリと目を遣り、テーブルに湯のみを置く。羽山が湯のみに手を伸ばす気配がないので、性急かもしれないが口火を切ってしまうことにした。

「夕方の話の続きですが」

静かに切り出すと、羽山はビクッと肩を震わせた。強張《こわば》った頬《ほお》を見ていると少し可哀想になったけれど、今回のことを曖昧に誤魔化して流すつもりはないので、続けさせてもらう。

「あの日から俺を避けていたのは、コネクションで仕事を与えられたと思ったのが原因ですか？」

羽山の横顔に向かって問いかけると、かすかなうなずきが返ってくる。

自分の言い方も悪かったのかもしれないが、自己完結をして逃げ回られたのには参った。憤りを、直接ぶつけてくれたらよかったのだ。電話もメールもことごとく無視されてしまい、心底途方に暮れた。

「理由を言ってくれなければ、誤解だと説明することもできない」

「……すみませんでした」

羽山は東堂と目を合わせることなく、自分の膝に視線を落として小さくつぶやく。今度は、ため息を呑み込むことができなかった。

「謝っていただきたいわけではありません。……尚紀《なおき》。目を合わせてください」

目を合わせてくれないのがもどかしくて、短く羽山の名前を呼ぶ。見てわかるほど肩を震わせて動揺を示した羽山は、泣きそうな表情でようやくこちらに顔を向けた。

唇を震わせた羽山がなにか言おうとしているとわかったので、東堂は急かすことも自分から言葉をかけることもなく、無言で待った。

沈黙は、一分足らずだったはずだ。けれど、息が詰まりそうな静寂に耐えられなくなったのか、羽山がおずおずと口を開いた。

「僕は……色んな面で、自分に自信がなくて。悪い癖だとわかっているんですが、なにかあれば逃げてしまうんです」

小ぢんまりと整った顔には、不安がたっぷりと滲んでいた。派手な要素はなく、特別に人目を惹きつけるものではないかもしれないけれど、控え目な性格を体現しているようなホッとする空気を纏《まと》っている。

花屋に並ぶ華やかな切花ではなく、道端で咲いている……見落としてしまいそうなほど小さな、野花のようだ。

いじらしくて、愛《いと》おしい。

誰かを花にたとえるような、恥ずかしいくらいロマンチストな部分が自分の中にあることなど、彼に逢《あ》わなければ知らなかった。

「俺に好かれている自信も？」

東堂の問いに、羽山は硬い表情で唇を引き結ぶ。そうして答えないことは、肯定だと示しているのと同じだ。

「何回、あなたが好きですと告げれば信じてくれますか？　お願いですから、自己完結せずに直接ぶつけてください。今回のことも、余計なことをするなと俺に怒ってくれればよかったんです。そうしたら、あの場で誤解だと説明することができた」

責めるつもりではなかったのに、つい厳しい口調になってしまう。

羽山に対するもどかしさと、信じてもらえないのかという悔しさ、信じさせてあげられない自分自身への怒りが、複雑に交錯していた。

羽山は、東堂から視線を逸らしてうつむく。

そうして、また自分の殻に閉じ籠《こも》ってしまうのかとわずかに眉《まゆ》を寄せたけれど、彼は黙り込むことなく口を開いた。

「……自分でも、そう思います。なんか、馬鹿みたいだ」

唇に浮かぶ仄《ほの》かな笑みは、自嘲をたっぷりと含んだものだ。膝の上でグッと拳を握り、なにかを覚悟したかのように顔を上げた。

真っ直ぐに目が合う。

「急に変わるのは、きっと無理ですけど……少しずつ変えたいと思っています。気長に、つき合っていただけますか？」

意外な反応だった。けれど、これは嬉しい誤算だ。羽山が自ら『変わりたい』と、『気長につき合ってほしい』と望んでくれた。

今度は、自分の番か。

「もちろん。それは……俺からもお願いしなければならないことです。どうも俺たちは、接する時間が短いことを言い訳にして、歩み寄りが足りない」

好きですと告げて、恋人になったつもりだった。でも、二人だけでゆっくりと時間を過ごした回数は両手にも満たない程度でしかない。

これまでつき合いのあった女性たちは、不規則な勤務時間のアルバイトに奔走する東堂に対して、「もっと構ってよ」とか「三十分でも逢いたい。逢いに来て」と主張してくれた。でも彼は、「忙しいだろうから」と……ワガママをなにひとつ言ってこない。

それをいいことに、甘えていた部分がある。

「まずは、ああ……ここから、ですかね。羽山さんは、親しい友人と話す時も丁寧なデスマス口調ですか？」

唐突な問いだったのか、羽山はキョトンとした顔になった。目をしばたたかせて、小さく首を左右に振る。

「……いいえ」

「俺も、親しい間柄の友人とはもっとフランクな口調で会話しています。ただ、まぁ……癖になったら困るので、砕けすぎたワカモノ言葉は意識して避けていますが」

たとえば、と前置きをして電車内で耳にすることのあるワカモノ言葉を口にする。羽山は、目を見開いてわかりやすく驚きを表した。

その表情があまりにも可愛くて、つい唇を綻《ほころ》ばせてしまう。

「……と、ここまでは無理ですが。お互いに、必要以上の遠慮はやめないか？」

目を合わせて、一歩ずつ歩み寄ろうと提案する。ビクッと頭を揺らした羽山は、戸惑いを滲《にじ》ませた顔のまま……ぎこちなくうなずいた。

「は、はい。……うん。東堂さんが、それでいいなら。……もしかして、友達とも丁寧な口調で話しているのかと思ってました。思って……た」

すぐには切り替えられないのか、ぎこちない調子で言い直した羽山は、「そんなわけないよね」と仄かな笑みを浮かべる。

どうしてこの人は、こんなに可愛いのだろう。同性を『可愛い』と思う自分に、疑問を覚えないくらい自然とそう感じる。

ふらりと手を伸ばして、やわらかな触り心地の髪に触れた。

「それも。東堂さん、じゃなくて……なんて呼んでもらおうかな」

東堂がこうしてくれと懇願すれば、異論を唱えることなくうなずくのが目に見えている。それではつまらないので、彼に任せてしまおうか。

「どう呼びたい？」

短く問いかけると、羽山は真剣な顔で黙り込んでしまった。しばらく悩んでいたようだが、おずおずと口を開く。

「いきなり呼び捨てで、というのは無理なので……秋名さん？　秋名くん、って感じじゃないし……」

真剣な表情と声だ。こういう生真面目《きまじめ》さが、どうしようもなく好ましい。

でもこれでは、どちらが年上か、わからなくなりそうだ。

「まぁ、ひとまずはそれでいいかな。少しずつ変化するものだろうから、流れに任せればいい」

羽山も口にした言葉だが、少しずつ変わるだろう。焦らず、ゆっくり……馴染んでいけばいいのだ。

この人となら、そうしてゆったりとした関係を築くことのできる確信があった。

「じゃあ、約束。これからは、思ったこと……ワガママも全部、直接俺にぶつけること。俺も、尚紀に遠慮はしない」

右手の小指を差し出すと、羽山は目を丸くしてその指と東堂の顔を見比べた。ふ……と表情を緩ませながら、自分の指を絡ませてくる。

「指きりげんまん？　可愛いこと、考えるなぁ」

そうして笑う自分こそが、どんなふうに東堂の目に映っているのか、わかっていないのだろう。

絡ませていた小指を離しかけたところで、グッと右手全体を握り締める。

「ぁ……」

「遠慮をしないと宣言した直後に、って笑われそうだけど、明日の予定は？　と聞かず……好きにさせてもらう」

返事を待つ気はない。右手を握り締めたまま、左手で背中を抱き寄せる。細い身体は、すっぽりと腕の中に収まった。

腕の中の羽山が少しずつ身体の力を抜いていくのが伝わってきて、奇妙な緊張が込み上げてきた。

身を任せられるということが、これほど嬉しく感じるのは、相手が羽山だからだ。

「……好きにして、いいよ。……僕とこういうの、つまらないんじゃないかと思ってた」

「逆かな。触れるとムチャなことをしそうだから、自制していた。気遣ったつもりで傷つけていたのなら、馬鹿みたいだ」

フラワーショップでの勤務は、体力仕事だろうから……とか。自分しか知らないという羽山にいきなり生々しい部分を見せて、怯えられたくないとか。

気遣いと遠慮、自衛が入り混じって……結果、大切な人を傷つけていたのではどうしようもなく愚かなことだ。

「本当に嫌なら、我慢しないで嫌だと言ってくれるか？」

「うん。秋名さんと、こうしてくっつくの……好きだよ」

そう言いながら背中に腕を回して、ギュッと抱きついてくる。身体の奥から、ジワジワと熱いものが込み上げてきた。

一つ大きく息をつき、衝動を実行に移させてもらうことにする。

「ここに……小さなホクロがあるの、知ってた？　電車の中で見つけた時から、触りたい……って思ってた」

「ッ……ん、知らな……っ」

指先で耳の裏側をくすぐり、唇を寄せる。

吐息がかかってくすぐったかったのか、首を竦《すく》ませて逃げかけた羽山をソファに押しつけて耳朶《じだ》に舌を這《は》わせた。

「……あ、ッ」

頬を紅潮させる羽山は、鮮やかに咲き誇る大輪の花にも負けることのない艶《つや》を帯びている。

この手の中で、華やかに咲き続けてくれますように。

そう願いながら、ゆっくりと唇を重ね合わせた。

あとがき

こんにちは、または初めまして。真崎ひかると申します。『その手で咲かせて』お手に取ってくださり、ありがとうございました！

表題のお話は、数年前に雑誌へ掲載していただいたものでした。加筆修正を施したものに書き下ろしをプラスして、文庫にしていただきました。初稿はン年前ということで、当時の自分とは、書き癖が変わっている部分もあり……手を入れ始めると際限なく弄りたくなってしまい、PCの前で悶えました（笑）。

初出を確認するために雑誌を引っ張り出してみたところ、その号のテーマは『年下攻め』でした。

でもこれは、あまり年下攻めという雰囲気ではない……ですよ、ね。一人で、「年下攻め？」と、ぬるい笑みを浮かべてしまいました。

テーマをいただいて、それに沿ってお話を書くのは好きなのですが、いつも微妙に外しているような気がします。

ちなみに私は、お花自体はすごく好きなのですが、サボテンや比較的育てやすいといわれている観葉植物を枯らしてしまうダメな人間です。

これは言い訳ですが、必要以上に水や肥料をあげてしまったり、日当たりがよすぎたり……と、手をかけすぎてしまうようでして。パキラに続いてサンセベリアをダメにしてしまった時に、また新しい鉢を迎え入れても枯らしてしまいそうだな……それは可哀想だなと思い、観葉植物との同居はあきらめました。

自分がこんな感じですので、ガーデニングなどでお花を綺麗に咲かせているお宅の前を通りかかると、尊敬の眼差しで眺めてしまいます。

ご近所に、庭に毎年見事な藤の花を咲かせたり、鉢植えで薔薇を育てていたりするお家があり、和ませていただいています。でも、ジッと庭を眺めながら道を通る私は、ちょっぴり不審人物かもしれません……。

お忙しい中、とても素敵なイラストをくださった木下けい子先生。ふわりとした優しい雰囲気と、鮮やかな赤いバラがとっても綺麗なカバーを、ありがとうございました！　ストイックで凛々しいホテル制服姿の東堂を描いてくださり、感激です。尚紀も、ほわほわと可愛いです。

モノクロイラストでも色々なお花を拝見できて、ほんわかとした気分になりました。本当にありがとうございます。

担当Hさま。今回も、とってもお世話になりました。ありがとうございました！　と……毎回テンプレートのようなお詫びとお礼しかできず、心苦しいです。もう少し手のかからない人間になれるよう、気をつけます。

こんな、たいして面白みのないあとがきまでおつき合いくださった方にも、感謝を……。本当にありがとうございました！　ほんの少しでも、楽しんでいただけましたら幸いです。

それでは、失礼します。またどこかでお逢いできますように。

二〇一〇年　酷暑が終わり、ようやく秋らしくなってきました　真崎ひかる

✦初出　その手で咲かせて…………小説アクア2006年夏の号（2006年4月）
掲載作品を加筆修正
いつか咲くはず……………書き下ろし
この手で咲かせたい………書き下ろし

真崎ひかる先生、木下けい子先生へのお便り、本作品に関するご意見、ご感想などは
〒151-0051 東京都渋谷区千駄ヶ谷 4-9-7
幻冬舎コミックス　ルチル文庫「その手で咲かせて」係まで。

幻冬舎ルチル文庫

その手で咲かせて

2010年10月20日　第1刷発行

✦著者	真崎ひかる　まさき ひかる
✦発行人	伊藤嘉彦
✦発行元	株式会社 幻冬舎コミックス 〒151-0051 東京都渋谷区千駄ヶ谷 4-9-7 電話 03(5411)6432［編集］
✦発売元	株式会社 幻冬舎 〒151-0051 東京都渋谷区千駄ヶ谷 4-9-7 電話 03(5411)6222［営業］ 振替 00120-8-767643
✦印刷・製本所	中央精版印刷株式会社

✦検印廃止

ISBN978-4-344-82083-8　C0193　Printed in Japan